我在

秦羽墨

著

今生

WO ZAI JINSHENG

离乡与归乡、进城与出城的变动中，
对故土的回溯与背离，对生命的叩问。

中国言实出版社

图书在版编目(CIP)数据

我在今生 / 秦羽墨著. -- 北京：中国言实出版社，
2021.12

ISBN 978-7-5171-3964-5

Ⅰ.①我… Ⅱ.①秦… Ⅲ.①散文集—中国—当代
Ⅳ.①I267

中国版本图书馆CIP数据核字(2021)第257919号

我在今生

总 监 制：朱艳华
责任编辑：宫媛媛
责任校对：张国旗

出版发行：中国言实出版社
　　　　　地　　址：北京市朝阳区北苑路180号加利大厦5号楼105室
　　　　　邮　　编：100101
　　　　　编辑部：北京市海淀区花园路6号院B座6层
　　　　　邮　　编：100088
　　　　　电　　话：64924853（总编室）　64924716（发行部）
　　　　　网　　址：www.zgyscbs.cn　E-mail：zgyscbs@263.net

经　　销：新华书店
印　　刷：廊坊市海涛印刷有限公司
版　　次：2022年2月第1版　2022年2月第1次印刷
规　　格：710毫米×1000毫米　1/16　12.75印张
字　　数：180千字

定　　价：65.00元
书　　号：ISBN 978-7-5171-3964-5

目录

出走或者回归

第一辑

小镇、烟花以及蓝黑的夜

　　远处有星光，耳际是习习的潮汐之声，风忽南忽北，夜色中不见涛浪，大地正在发出轻微的颤抖。伸出舌头，能舔舐出空气中海水的苦涩之味。从洞庭湖以南，来到更加南方的广东江门，我对这块土地和空气中的气息还不完全适应。在夜色中定了定神，发现颤抖的并非大地，而是自己的身体。没想到临海的南方也这么冷，那一刻，我又禁不住打了个寒颤。

　　哥哥告诉我，它们并不是星光，而是灯火辉煌的香港。说这句话的时候，他其实并不确定自己看到的光是否真来自香港，他仅仅是向我指出那个方向的所在而已。夜色浓稠，我看不清他的脸，而远处的星光（或者灯光），一直闪烁不定。他说，如果身体好，从小镇后的河湾，朝海岸线，张开双臂垂直泅渡过去，咫尺之遥，便可抵达香港，过去无数下南洋的江门人就是坐着木帆船如此离开故乡的。当他说到"身体好"时，我感觉嘴里的海风更加咸涩了，我们都不知道，他那条伤腿何时才能恢复原来的样子，或者，还有没有恢复的可能。我明白，其实他并不是在说香港，而是在说逃离。身后是空旷的校园，清寂无声，几盏路灯晦暗地亮着。岁末将近，放寒假后，学生早走光了，教师们大多也各自回家。我们的落寞与当时来自远处的金色火光形成鲜明对比。

　　那是我成人以来，感到的最为荒凉、最为空寂的时刻。荒凉来自内心深处，在那个全国人民合力抗击冰灾的冬天，它远比从北方而来的寒流要冷。

两个在夜色中眺望大海的人，并不能抵达对方的内心，自然也无法互相取暖。

我们俩并肩站在广东江门开平市第三中学后大门的制高点上。那个学校还有一个名字，叫开平机电中等职业技术学校，事实上就是一个乡镇中学，大一点的乡镇而已。作为重点大学的优秀毕业生，哥哥原本有很多工作选择，为了尽快摆脱家庭经济困扰，还清助学贷款，以获得自由之身，他去了一个表面上看工资还可以，其实位置偏僻且危机四伏的中学教书。为了省路费，他连实地考察的手续都省了，签字画押，早早地把名字写在了合同之上。他不知道，那个想象中的南方华侨之乡，著名的世界文化遗产所在地，正张网以待，设下了一个围困自己的陷阱和泥沼。

我记得那个镇子的模样，它的名字叫蚬冈。

公交车从江门驶出，走了差不多一个多小时。最开始还足够热闹繁华，但很快，公路两旁只剩成片的香蕉林和各种菜地。因为始料不及的冰冻天气，没来得及收获的香蕉被冻得发暗，发黑，脖子全被折断了，耷拉着脑袋，挂在树上。果农懒于收拾，就让它们垂头丧气地立在地里，司机开车开累了，在路边停下来，径直跑进香蕉林，扭下一个充饥，乘客们也纷纷效仿。半生不熟的香蕉，已经没人再在乎它们了，路人的采摘行为其实是在做善事。宽大的公路边，始终长着一种高大瘦弱、姿态近似柳的植物，风一吹，像随时都可能会被折断。那里的东西无不给我一种颓废之气，尽管它本来的景色挺不错的。当时已是寒冬，湘南正是草木零落、万物萧瑟之季，而这片南国，虽然也被寒流冲击，弥望却尽是绿野。扑面而来的气势汹汹的绿，让人觉得充满敌意。

国道边上就是学校，而学校又建在一个宽敞的斜坡之上。站在学校门口——那个斜坡的顶端，能将对面两万人的镇子尽收眼底。与国道相邻的几条街，交相横陈，不算热闹，也不算太寂寥，与一般镇子相比，多了些参差不齐的厂房。

哥哥早已站在路边等候，他走过来时身形端正，表情松弛，看不出有什么不正常，只不过，不像往日那样大步流星。我知道，他的稳健是竭力控制着，装出来的。如果是以前，他一定会跑过来，送弟弟一个猛烈的拥抱。

哥哥的腿是在打篮球时受伤的。课余时间聚在一起玩玩球，对教师这个职业而言再正常不过，只是没想到会出事。在一次激烈的篮板拼抢之后，他落身下来，脚踩在了另一个人的脚背上。哥哥的脚踝扭伤了，膝盖软组织几乎完全撕裂。事后，有知情者告诉他，那是一次有计划、有预谋的伤害，伏击早已埋下。我的兄长，作为一名被校方从外地高校引进来的青年人才，才华横溢，锋芒毕露，除了本职教学外，他还具有过人的书法才能。为了在学校快点立住脚跟，他还比旁人努力数倍。他的性格是那样大大咧咧，毫无心机，丝毫没察觉自己的出色表现已经侵犯了本地教师的尊严，他们产生了妒忌之心。那是一记黑脚，玩过篮球的人都知道，抢篮板时，垫黑脚是最危险的，任何职业赛场都会被禁赛。可是，在民间野球场，就连追究责任都无从谈起。因为，理论上只要上了场，那种意外是随时可能发生的，而且可能发生在任何人身上。他们只是嘴上不停"抱歉"，表面上给予一点同情，真是不幸啊，仅此而已。背地里，可能在偷笑。

我的哥哥，作为大山的子民，从小只跟朴实良善的事物打交道，刚踏出校门步入社会的他，对世界的凶险一无所知，对人性中的恶自然也就提防不足，加上性格刚烈，待人豪爽，从未对本地同事的性格特征进行把脉，因而，对某些事情常常容易失察。

他告诉我，后来他到镇上学生家里做家访，镇里人对男女的态度完全不同，女孩成绩再差，家里都不会在意。镇上有个生意人，身价颇重，据说家产有数亿元，因为生了四个女儿，没生儿子，每次家族开大会研究问题的时候，他连发言的资格都没有，只能坐在边上旁听，按照其他人商量好的办法行事。二十世纪八十年代初，这里比湘南还要落后，还要贫穷。而如今，有些人虽然有了钱，骨子里还是穷的。江门，这个走出了司徒美登、红线女等众多名人的侨乡，只是不断走出，去往世界各地，从未对外人真正放开过怀抱，它的输出是单方面的，就像它的聚财一样也是单方面的。过去的大户人家，那些住在碉楼里的人，大多远走南洋，留下来的空虚村落和建筑，被用来申请文化遗产，而留下来的人，也多是思想保守者。现在，住在镇上的人多是近几十年陆续从山里搬出来的，更多的则是外来的打工者。

关于那个难忘的春节，我几乎完全忘了。

这并不是一个病句，因为的确想忘，而且，确实忘得差不多了，只是某些细节，就如同电影或者梦境中的特写，不时从脑海中跳出来，无从回避地闪现。当时，我的心理状态极其紊乱。当我置身于那个南方小镇中时，就像搬了一块沉重的巨石，想放，却不知道该放在哪里。我希望那个冬日和春节快点过去，同时又希望时间走慢一点，以便让我可以多陪陪我的兄长，陪他度过生命中最艰难的时刻。

记不清了，好像当时父亲还在，也可能不在了；哥哥的腿受了伤，我还没参加工作，也可能刚参加工作——文章写到此处，专门去问哥哥，他提醒我说，那时候父亲还在，而我，并没参加工作，剩一个学期毕业。是的，事情就是这样，我终于理清了头绪，找准了记忆的脉络。那时候父亲也病着，而且病了好几年了。你说我不孝也罢，残忍也好，我们那个家已经经不起他拖了，尤其是母亲。她比病人还要可怜，让人倍生怜悯。那个人健康的时候并没给她带去多少幸福，临了，却让她跟着遭罪。

说是到南方走走，长点见识，以便为即将到来的职场做准备，其实，就是去看哥哥的，陪他过年。腿部受此重伤，他没办法回湘南老家了，只能留在当地观察养伤。《新闻联播》说，湘南正值冰灾，永州还有郴州的情况最为严重，一连十几天气温都在零摄氏度以下，高压电线被冻得比人的胳膊还粗，电线杆倒了不少，打电话回去，村里已经停电三天。这么冷的天，在冰天雪地的永州，哥哥的腿根本吃不消。按理，我们应该回去陪母亲过年，因为父亲一直躺在床上，母亲一个人没日没夜地照顾他，她比谁都需要一个团圆的年，需要儿子给她以力量的支撑。世上幸福之事喜欢扎堆，常常是接二连三地来，不幸之事也是如此，所谓祸不单行，那几年，我们头顶不断有灾难降临。母亲没想到哥哥会遭此劫难，她忍受内心的巨大煎熬，决定跟父亲两个人相依为命，在老家过年，把我打发到遥远的广东，来看个究竟。其实，我什么也做不了。我不是医生，无法给他康复的信心，就连精神上的支撑也难以提供，面临毕业，自己只是迷途羔羊。一年多来，我是靠哥哥每个月打来的生活费在学校过日子的，而现在，他才是那个更需要接济的人，除了跑来看看，我能为他做些什么呢？

在我看来，那个学校并没有他在电话里说的那么糟糕。校园的空间很大，校道宽敞，乔木绿荫如盖，角落里长满了各种毛茸茸的不知名的南方矮小植物，如此环境比我见过的湖南绝大多数中学的条件都要好，只是位置偏僻而已，所谓糟糕，主要是他的心境和遭遇。

学校的红墙和操场跑道上，隔那么远就刷了一排宣传大字。我认得那些笔迹，颜筋柳骨兼具，它们定是出自哥哥之手。学校的领导其实对他不错，很是器重，一度想把亲戚的女儿介绍给他，以安慰并且拴住哥哥的心。但哥哥看不上，大约是长得太不匹配了，他曾吐露过半句。不过我知道，根本原因在于，哥哥不愿把自己轻易交付给这个偏僻的广东小镇，他现在更多的是痛恨。如果可以，他会狠劲抽它几个嘴巴子，然后扬长而去。对他而言，此地不可久留，这一点人人都看得出来。

年前的几天，我们在镇里四处游荡。医生嘱咐道，手术后他要多做康复运动，低强度的骑行最好不过了。两个人骑着从他同事那里借来的自行车，携带干粮和矿泉水，将那个叫蚬冈的小镇转了个遍。临近除夕，镇中心比刚来时热闹了数倍，巷子里装扮得喜气洋洋，炮仗响个不停，不时有狮队敲锣打鼓地走过，沿街游行。广东人讲究认祖归宗，过年或者清明，要尽量回老家看看。开平是华侨之乡，海外游子如燕雀归巢，纷纷回来给祖宗请安，去祠堂烧高香。我们不愿去凑别人的热闹，更不想去欣赏别人家是如何团团圆圆，欢度佳节的，那只会使两个离家在外的游子更加落寞，情难以堪。我们骑着车，远离人群，朝野外而去，走向那些年岁古老却依然保存周全、模样完整的村庄。

常常单薄的水泥小路上已经骑到尽头，下车推几步后，很快会发现有新的途径可以前往，那里阡陌相连，村村有路可通。哥哥来此三年，很多地方以前从未去过。为了照顾他，两个人骑得很慢，没跳过任何细枝末节。

镇子外缘的村落很稀散，人也很少。碉楼以庄园的形式不时出现，它们砌得非常漂亮，在平地上气势不凡，不久前刚被评上世界文化遗产。可那些房子基本上没住人，像动画片里的无人城堡，置身其中，站久了，空无之感油然而生，有些禁受不住。到处是成抱的竹林，地表干净整洁，不像老家，塑料垃圾随处可见。我们骑着车从无人的小路和村庄穿过，看起来像两个虚无的影子，与周围环境格格不入，如同从陈旧往事中复活出的人物，而那些寂寥的村野，又让人觉得像是回到了生我养我的小山村。面对泥土和村庄，我们总能生出天然的好感。那时候，我们年纪尚小，日子清贫，却过得无忧无虑，无论阳光雨雪皆可任意撒泼，从未想过有一天为了生计寄人篱下，作客他乡……我们长大了，不去回避来自各个维度的伤害，也不去回避必将到来的成熟，少年弟子终将老于江湖。

有两个老人带着孩子在地里劳作。从他们手上的动作看，像在播撒什么蔬菜的种子，双手摊开，机器一样抖动着。孩子坐在一块毡子上四处张望，看见我们时，呜哩哇啦地喊。没想到广东这样的经济富庶之地也有留守老人和儿童。老人同时直起腰，睁大眼睛打量身前的不速之客。他们不说话，也没有任何动作表情，就是直愣愣地看着，两个骑自行车的年轻人让他们觉得反常。现在不是旅游旺季，大过年的，谁会来荒郊野岭看老旧的碉楼？我记得那两个老人的眼神，陌生、冷硬、意志强大，透着深深的戒备感，似乎我们是突然闯入的强盗。我觉得哥哥很难融入到这样的群体之中，待多久都只是个借居的局外人。老人长时间的打量，使我们无从心安，落荒而逃。

去市里办年货，同时添置新衣物，这是湘南老家过年一贯的规矩。即便出门在外，我们也要有过年的样子，如果连这点仪式感都不去营造，就真的不知该如何自处，如何度过眼前的年关。

从小镇到开平市要经过一个站，名字叫长沙，与湖南长沙同名。那个小镇是一个海货和家禽牲畜的中转站，小型的陆地码头。从那里上车的人，个个身上散发着鱼腥味，怪臭难闻，跟我心目中岳麓山脚下的省城长沙有天壤之别。

哥哥的工资几乎全用作了手术费，他从有限的余额中抠出一笔，为我买了一件改良的休闲式唐装，还有李宁牌的鞋，外加少许烟花和炮仗。休闲唐装是为我即将到来的春季招聘会准备的。除此之外，再没买其他的，节日的菜肴简单至极，我不忍心列出它们的名字，它们的名字跟当时的我们一样，寒酸到无法示人。

哥哥说，找工作千万别像他这样，跑这么远，要是这样的话，母亲等于白养了两个儿子，得掂量好，看准了再签约。他是在作批评和自我批评。他很后悔当初来此教书，等身体好了，有了路费，赶紧跑路走人。

年三十晚上，两个人放了一挂长鞭炮。偌大的校园，就两个人在，刚来时见到的几个留校教师都回去过年了，震耳欲聋的鞭炮声响过之后是更加厚实的寂静，它像一层坚冰将我们牢牢包裹。在操场上点烟花时，我们谁也不提起故乡，不提起远在千里之外的父亲和母亲，像两个没心没肺的孩子，痴痴地假装抬头往天上看，看那鲜花一样不断盛开又凋零的光亮。可我知道，烟花腾空，爆裂四射的瞬间，我们的内心早已泪流满面。

小时候，上屋场的邻居很喜欢放烟花。他们是村里唯一舍得给小孩买烟花放的人，因为小孩的父亲长期在外打工。那是一种奢侈而令人眼馋的举动，为了让儿子高兴，他们把自己的幸福建立在我们的痛苦之上。父亲没本事挣钱，我们家跟村里其他人一样，从来只买炮仗，不买烟花。那一年，我站在屋檐下，偷偷望着从邻居家晒谷坪上升起来的烟花，心里羡慕至极。父亲见了，大声呵斥，骂我没出息，如此眼红别人，简直是丢人现眼。我恼怒了，当即反驳，没勇气正视别人幸福的人才叫没出息，他根本无法面对自己的无能，只晓得逃避，也就永远不可能有什么作为。大年三十的晚上，我们就此争执起来，一发不可收拾。那是我们父子决裂、分道扬镳的开始，从那天起，我们永远成了敌人。

我不愿站在操场中央放烟花。火花一升天，第二天镇上人人都会知道，学校里有两个无人收留、无处可去的傻瓜。可我们又不能省去这个仪式。这是年，是一个无法绕行的节日和不得不跨过去的坎。我和哥哥都知道，我们不能再逃离了。在南方以南，这块大陆的最边缘，我们必须勇敢面对这个世界，不管它是寒冷还是温热，是甜蜜还是苦涩，对眼前的苦难，除了无从挑剔不分巨细地吞下去，再无别的选择。我们不是风化后流质发软的糖果，不能让困厄之蚁肆意叮咬，更不允许命运随意摆弄和嘲讽。

一明一暗，烟花寂灭间，无数念想在心头滋生。

想这些的时候，手机响了起来。是母亲，她在跟父亲吃年夜饭了。她说，已经祭祀了祖先，并且代我们向祖先递话过去，新的一年灾难会走远的，全家人的运气都会好起来的。我说，是，一定会好起来的。怎么可能不好起来呢？情况已经不可能再糟糕了啊。说这话的时候，小镇的天幕被烟花射满，可我们四周却是环环夜色，看不见自己的双脚和立足之地。因为烟花的存在，远处那团疑似来自香港的梦幻之光消失不见了，好像它们从未出现过。

黑洞洞的世界，伸手在眼前一晃，只能略见掌形。没有光亮，火花和它的色彩映在黑蓝的夜空，似乎伸手可触，又似乎遥不可及。

在平原

世界是一条飞毯，由翻滚的稻穗织成。稻穗金黄，在晴空下闪着耀眼的光芒，我们的车开得很稳，可当车里人把目光投向窗外时，却感到身体的剧烈起伏，这完全是风吹稻浪造成的错觉。汽车进入原野之后，一车人也随之进入悬空状态，有那么一瞬间，我甚至感觉汽车根本没动，是稻浪在驱使它前进。宽广无边的飞毯，只见它的起伏，看不到尽头所在。庞大而持久的波动制造出一种晕船效果，阳光从稻穗上反射过来，眩目异常，我已经找不到方向，像一只迷失在稻浪中的虫子，直到大风停息，才看清平原的本来面目。

大地无垠，站立着的稻子整齐有序，它们在秋天的阳光下散发出粮食特有的清香。从钻入鼻腔的香味浓度可以判断出，稻子已完全成熟。阡陌交通，公路陷在稻田深处，汽车又陷在公路深处。那种乡村的、车辙很深的公路，像两条深嵌入大地的铁轨。道路两旁不少田垄已经收割完毕，现出裸露的泥皮，更多的稻子在秋风中倾斜着身体，一副不堪重负的模样。我也不堪重负，被收获的满足感压得喘不过气来，仿佛我也是这土地的主人，事实上，我只是一名放逐者，无从选择，被迫来到此处，跟发配边疆没什么区别。

2008年夏，于我而言，发生了两件大事：父亲去世、我大学毕业。不管它们多重大，别人都感觉不到，个人的沉重遭遇撼动不了世界的皮毛。

父亲因病去世，留下一屁股债，我又被迫去干一份并不很适合自己的工作，这让本来就内心幽暗的我产生了强烈的末日情绪，那种难以言说的感受至今历历在目。让一位失意者去面对大地收获的场景，不知道是命运的不怀好意，还是精心安排的磨砺？又或者是对走投无路者的一场治愈之旅？现在回想，当时的那种被迫放逐，更像是命运的眷顾和恩宠，因为它在我最艰难的时候，为我提供了一个栖身之所。尽管工作待遇一般，安排的岗位也不尽如人意，我还是感恩戴德，心满意足地去了。我想好了，计划用大半年时间，尽可能把工资攒下来，还清学校的助学贷款。公司想必也清楚这一点，什么脏活儿累活儿，毫不顾忌地往我身上摊派，就算下乡，也是把我安排到最远的地方。

第一次看见这么大片的田野和如此集中的粮食，我被吓坏了，广阔无限的平原，让人有些不知所措。在洞庭湖，我切实领会了"平原"二字的真正含义，这片区域，最高海拔不过几十米，放眼看去，一望无际，我们的车开了一两个小时，窗外景象依然如故，温暖而锋利的光芒照得每个人脸上像施了金粉。很多东西要具备一定规模才显得美，比方说土地，比方说土地上的庄稼。一抔泥土上的稻子可能弱不禁风，几百几千亩的稻田，则是一个大型的审美现场。

我没有心思欣赏田园风景，心里更多的是忐忑不安。

这里是洞庭湖腹地，我被排到某片区域监督收粮。这份工作既与我所学的专业相悖，也与公司设置的岗位没有关联——我是办公室文秘，他们却让我去当质检员，掌管很大一块地方。粮食行业，收购是第一道关，兹事体大，可决定一家企业的生死。让一位新员工把守如此重要的岗位，我有些受宠若惊，又有点摸不着头脑。质检员有很大的自主权和独立权，行动自由，脑子灵活的，能捞不少好处，只要不出大纰漏，面子上过得去，部门领导通常是睁一只眼闭一只眼，这是人人都知道的事。

后来听说，公司之所以如此安排，当中含有深意。我是外地人，初来乍到，跟当地商家、农户都不熟，尚未形成裙带关系（过去发生质检员和农户勾结的事，将不合格的粮食偷偷往仓库里塞）。更关键的是，我单身，没有结婚，连女朋友都没找，这趟活儿得持续两个多月，吃住在乡里，拖家带口的人干不了。

谷粒堆成的山峦连绵起伏，太阳跟月亮守在东西两端，当太阳从天空消失的时候，星星就出来了，它们在高处闪烁，是携带光芒的另一种粮食。白天挥洒汗水，一蛇皮袋一蛇皮袋挨个儿抽查质量，晚上头枕稻草，靠月光和星辰充饥，当我的肚囊被水乡的食物填满时，精神之胃格外饥饿。没有星星和月亮的晚上，在一屋子幽暗中怀想千里之外的故乡，想那个死去不久的父亲和独守旧宅的老母，她在乡下寡居，收拾几亩薄田，她的收成在这些山头面前不值一提，正如她的命运一样，卑微而渺小。我躺在数不清的粮食中间，被群山环绕，如此富有，又如此孤独，远处是犬吠，身边是走来走去的鹭鸟，它们瘦长的脚踢中我的额头，我醒了过来……

多年以后，我还时常陷入这样的梦境，那些梦境，让沉重的日子有了稍许轻盈感。事实上，那不是梦，而是真实的存在。

在庄稼地长大的我，从未见过如此多的粮食，我的湘南老家，一年到头无论怎么辛苦，粮食都难以自足，记忆中，每年五月，青黄不接的当头，不是东家借西家，就是西家欠东家，而这里，种一年能吃三年。相比平原，山里更需要粮食，可我们看待稻子的眼光复杂难言，像一个爱情的憧憬者，有着求而不得的纠结。山里产量太低，我们看到的庄稼，只是它的附属意义——劳作，它更重要的本质——收成，似乎被遗忘了，即便是收获季节，也很少有满足感。在常德，在洞庭湖平原的最深处，哪怕不种田，光挖藕、捕鱼，也不至于饿死，这里是真正的大地粮仓。山里的稻子是一蔸一蔸地割，在这里，用的是收割机，这是两种完全不同意义的劳动。我跟村里人说平原的事，无人相信，他们想象不出粮食堆积成山的样子，其实，我也想象不出。刚来时，母亲打电话问，下乡情况如何？我说，挺好的，不用担心。她又问，怎么要待两个多月，有那么多粮食可收？我说，这里的农民耕田、施肥、打农药，到最后收割，全是机械化。她惊讶一声，这么好的地方，我只在电视里看过。我说，跟电视里演的一样。最后，母亲说，她打算把今年收的粮食卖了，偿还父亲死前欠下的医药费。看着眼前堆积成山的稻谷，我感到了某种无助，就像看到城里那么多高楼一样，如此美好让人自足的东西，我却只能看看，仅此而已。作为农民的儿子，一个二十几年来一直在山里劳作的人，面对眼前的一切，我的眼里充满了羡慕与贪婪，甚至憎恨，命运何其不公，为何我就生在了穷山恶水的地方。

当我看到收割机在稻田中稳步推进，金黄的波浪猛烈撞击岸堤时，那一刻大地发生了倾斜，浪尖上的舞蹈者，鹌鹑和鹭鸟，成群撤出，它们姿势优雅，动作敏捷，起落之间秩序俨然，看不出丝毫失去家园的苦痛。它们把人类的收割当成了自己的节日，收割之前，它们拥有的是大片大片的稻子，收割之后，则拥有了整个平原。那些散落的稻穗，无处躲藏的昆虫，是大地献给鸟类的盛宴。农民刚刚相反，收割之前，他们只拥有土地，收割之后才拥有自己的粮食，粮食是比天更高更大的东西。不得不说，土地确实能给人力量，而粮食，永远让人踏实，即便它们一颗都不属于我。

面对如此场景，我把自己想象成一名开矿者，淘洗时间孕育的金粒，这让身处困境的我多少有了一些勇猛。飘零异乡，举目无亲，连交心的好友也无一个，他们要么考上公务员、事业单位，要么去了广州、深圳求职，只有我，被遗弃在原野之中，像一粒未能灌浆的秕谷，一番风吹雨打，零落在淤泥里。随身携带不过几件换洗的衣服，面对大野长风，我感到自己很渺小。

车慢了下来，即将抵达目的地，散落的村庄和镶嵌在稻田边缘的湖汊位置那么合适，仿佛天生就长在那里。它们都在等我，等一个陌生来客和他背后的大公司，没有这些，农民的收成就会显得虚假。我并非孤身作战，前半个月，公司给我配了一位技术指导，依照惯例，我喊他师父。师父姓严，本地人，四十出头，是老员工，有着丰富的工作经验。最初几天，他手把手教授我检测方法和关键要点。我们的工具很简单，一把带槽的钢钎和一台小型碾米检测仪，人走到哪儿，机器工具就带到哪儿。两尺长的钢钎，被用得雪光发亮，往蛇皮袋上一扎，谷粒沿着槽渠流淌而出，它让我想起了行军的刺刀。起主要作用的是那把钢钎，熟练之后，检测仪基本可以不用，目测就能将各项指数估算得八九不离十。必须扎到深处，如此，才能保证抽样的覆盖率和准确性。从某种程度上而言，我是一名戍边战士，手持钢钎，全力拦截那些企图蒙混过关的偷渡者。

农户春天跟公司签了合同，只种我们需要的品种，玉针香和星2号，这两个品种产量低不少，但品质好，收购价格比普通杂交水稻的价格高一些，农户虽然减了产，但收益更多。即便这样，师父格外提醒我说，你要小心，产粮大户个个是老精怪，有很多钻空子的办法。确实，一开始，一车稻谷，几十个蛇皮袋，总有一两袋不合格的，不是质量不纯，就是晒得不够干。我搞不清为什么会出现这种情况，仔细回想老严的话，也就泰然了。见小动作逃不过我的眼睛，他们只好作罢，一切按规矩来。他们并不记仇，反而佩服我的勇气和耐心，对我这个说普通话的外地青年，产生了极大的兴趣，问我老家是哪里的，家中有什么人，为何到常德干起了这项工作，诸如此类。有些问题我如实相告，有些问题则讳莫如深。他们见我满腹心事的样子，也就不再多问。

我们的收购标准主要是三个：杂质、垩白以及水分。公司走高档路线，只收玉针香和星2号，其他品种一律不要。只用了两天，我从一名从未接触过此项工作的新人，成了行家里手。抓一把谷子扔到地上，用脚踩几下，脱去表皮，从米粒的颜色能准确判断出它们的垩白率和水分。收足一百吨，抽样检测，质量完全达标，师父对我的办事能力和专业水平高度认可，转身回城了，把我一个人留在了乡下。平时他在公司总部，来抽查的时候（总部每周不定期来抽查两次，算是监督），临时赶过来，当甩手掌柜。

　　根据区域划分，我负责大龙站、镇德桥两片地方，住处安排在白鹤山粮站，将会议室的办公桌拼在一起当床铺。早上在白鹤山吃一碗粉，坐车去大龙站和镇德桥，那两个地方公司修了定点仓库。中午在农户家吃一顿派饭（钱由公司出），到傍晚，坐车回来，住在白鹤山。在白鹤山粮站，我也有吃饭的地方，公司在粮站食堂给我交了人头费，可以跟粮站工作人员趴在老八仙桌上共同用餐，在粮站上班的都是些老人，跟那张八仙桌一样，有了足够的年纪，表情木然地应付一切。吃饭时，我很少言语，他们也不问我什么话，就连饭菜是否合胃口都不问。我们公司跟粮站的关系，是纯粹的雇佣和被雇佣关系，租用他们的仓库存放粮食，仅此而已，人员之间没有任何牵连。农业税取消后，农民也不交公粮了，粮站形同虚设，失去了原有功能，但还有几个老员工要养，我们是大公司，他们乐于将仓库长期出租。他们只管收钱和看护，别的事一概不过问。

　　下乡的日子，饭量与日俱增，每天出汗不少，躺下时胳膊多少有些酸痛。但觉睡得踏实，长期被失眠折磨的我，再次感到了身体的美好，它不完全是囚禁自己的牢笼，也是灵魂栖息地，适度的疲惫令人享受，差不多每天都在寂静的虫鸣中睡去。告别电脑，不用坐在办公室里面对枯燥无味的文字材料，虽然工作强度比办公室大，但人自由，心也自由。刚参加工作，面对各种条款规矩，很不适应，与几个月的束缚相比，这种室外生活让我如获至宝。整天跟面目黧黑、言语直率的农民打交道，眼前大地无垠，深呼一口气，胸腔里尽是泥土和稻谷的芬芳，心底随之生出一种亲切感。终究还是喜欢天然的事物，他们原始粗粝，本真朴实，即便偶尔要点小聪明，也会不自觉露出满脸羞涩，不像在办公室，千篇一律的表情，每个人都似是而非地忙碌着，心里装着各种尔虞我诈，他们明知道我不可能待多久，还是高筑心墙，小心防备着，这就是所谓的职场。

　　农户们大多驾驶农用爬爬车和小四轮来交粮，嘴里叼着烟，把皮鞋当拖鞋穿，趿拉着鞋帮，呼哧呼哧开过来。也有专门雇人用东风牌车拉的，一车抵两车。他们抽的烟都很高级，基本是芙蓉王，很少有软白沙。这里是湖区，他们又是种粮大户，经济能力比湘南山区高了一大截。每个人都笑容满面，喜悦是发自内心的，表情跟我的叔伯兄弟别无二致，不管哪里的农民，都还是农民，都还是熟悉的亲切模样。

我很快适应了自己的角色，也适应了眼前的生活，甚至适应了所处的困境，说服自己安于现状。劳动使人麻木，与人打交道又让人暂时忘却杂念。只不过，每天做同样的事，早晚准时赶班车、繁复地抽查检测、连车带货过磅，一切熟练之后，工作开始变得乏味。我早已不是一个农民，也不是纯粹的职场者，而是一个文艺青年，随身携带严重的酸腐和相当的理想主义气质，内心永远躁动不安。

一个残存的理想主义者，文学成了我唯一的避难所。每天晚上，忙完事情，我会躲在会议室的小床上看小说（即便下乡，也随身携带两本书），像仓鼠一样，在谷堆里钻个洞，吃饱喝足，不知今夕何夕。

我喜欢下雨，那样可以待在粮站不出窝，即便关机睡觉也无人过问，公司给了这个特权，算是下乡人员的一点福利。下雨天，车没办法过磅，稻谷也晒不干，没人会运粮过来。按规定，质检员每天有二十块钱补助，雨季能延长收粮的时间，雨下得越久，得到的补助就越多。可我又很矛盾，收粮的那些天每周只允许回城一次。我希望早点回到城里去，尽管在城里，我也没有家，有的只是一个临时的出租屋，幽暗促狭，冷风嗖嗖，但它依然能承载我的肉身，置身于喧嚣热闹之中，多少可以屏蔽掉一些孤独情绪。

每天早上，我都被平原的寂静吵醒。这栋建造于二十世纪七十年代的六层老建筑，天黑以后，只剩一个人的呼吸，大块的寂静如铁板压身，令我无法动弹，即便翻书都小心翼翼。可是，当白天降临，黑夜逃走的脚步声，还是惊动了周围的空气，寂静死死攫住了我，像攫住一位溺水者。阳光能赶走黑夜，却驱逐不了内心的幽暗，黄昏跟黎明，成了两个至暗时刻，我无法形容当时的心理感受，特殊时段的光明，洪水一样没过头顶。将会议室的灯全部打开，再拉上窗帘，用被子蒙头，如此矛盾的举动，除了自己，无人可解。不跟人谈及自己的工作，也尽量不给母亲打电话，刚刚失去丈夫的她，没有力气为儿子担心。

运粮车在日渐减少，有时一天只有七八趟。我跟农户约定，让他们上午来，下午要忙自己的事。他们懂得其中意思，彼此达成默契，我的日子趋于舒适。

一连几天，吃过中饭，我都到野外游荡。各种南来的候鸟栖息在芦苇荡里，它们来此过冬，以类相聚，组成一个个小团体。据说，这些鸟只作短暂停留，多数还要继续南飞，从洞庭湖到鄱阳湖，那里才是它们的落脚点。天空偶尔有成排的大雁飞过，千百年来它们一直秉持这个方向。大雁飞得很高，样子很笨，路线固执单一，通常飞得高而远的，都是些笨重的家伙。多好的季节呀，再没有比秋天更让人喜爱的了，世界呈现自由之态。站在平原中心，我又想起那个大山里的故乡，想起每天早上炊烟把大地摇醒的样子，这些年在城里，只见雾霾，不见炊烟，这让我对眼前的景象，生出一种新鲜感。

田边芦苇，飞絮落尽，紧抱着残躯的它们，倔强地立在秋风中。长脚的鹭鸟，人来不惊，优哉游哉，低头寻找食物。我脱了鞋，走在收割后的稻田里，酥软的泥皮，踩上去像一块面包，脚底板传来舒适的按摩感。田螺如遗弃的果核，以此为食的水鸟吃得太饱，已不屑于下嘴。泥巴尚且湿润的地方有裸露的鳝鱼的洞孔，勤劳的妇人在用铁锹挖鳝鱼，两铲下去就有收获。鹭鸟胆子很大，善于窃取人类的劳动果实，等你惊觉，它们双脚一蹬，身子立马飘到一丈开外。

在芦苇荡碰到给我做饭的主人揭老板，他坐在小马扎上正聚精会神地

钓鱼。虽然他只是一个农户，其貌不扬，我们还是亲切地喊他揭老板。他是
当地的种粮大户。我第一次知道揭姓，印象深刻，至今记得他的模样。小平
头，尖额，细颈，瘦长身子，站起来时，像一只大黑蚂蚁。他已过六十，上
面没了老人，两口子在村里种田，雇用机械，儿女各一，均在外地。不管走
到哪儿，他身边总跟着一条狗，一条瘸腿的狗，像他一样消瘦，像他一样令
人过目不忘，跟家里没吃的一样。其实，他们家的伙食开得很好，我吃了一
个月，足足长了好几斤。那狗很配合主人，没动静的时候，老实地在旁边待
着，一有动静，三条好腿，跳跃如虎。见到我时，狗眨巴几下眼睛，扭头看
了一眼，并没起身，它跟我已经很熟了。

我没跟揭老板打招呼，生怕把鱼惊了，他却主动跟我聊了起来。他有
一儿一女，女儿嫁在常德城，儿子大学毕业，在深圳一家跨国公司上班，问
我，一个外地人怎么来干这项工作，人地两生，真不容易。我没法跟他解释
自己的情况，这样的问话，已经听了不下百遍。即便当农民，他也是富裕人
家，洞庭湖的农民和湘南的农民不是一回事，他理解不了大山的事，我跟他
谈及那个永州小山村，他满脸愕然。在湖区人看来，电视节目中的梯田和
弯曲的田埂，不过一种异域审美，至于画面背后的生活详情，他们无从
体会。

老揭的日子很好过，完全没必要下田，儿女给他的孝敬钱足以让他安度
晚年。他舍不得眼前这块土地。这是真正的膏腴之地，水满时生机勃勃，水
干之后，依然鸥鸟翔集，泥土之下，有无限生命在律动。不单他，这里所有
人，都尽心呵护着平原。房子建在为数不多的山丘下，尽量不占用良田。洞
庭湖的富庶，除了得天独厚的天然条件以外，还跟他们敬畏土地，善待生灵
的信条密不可分。他们响应国家号召使用低毒性的农药，以确保稻田生态不
受破坏。我是务过农的人，某一年几次杀虫之后，田里的青蛙蝌蚪死绝了，
就连泥鳅，都刨不出一根，很多药剂是毁灭性的。

　　老揭的钓鱼竿迟迟不见动静，似乎有鱼可以，没鱼也可以，他像是来打秋风的，消磨时间而已。清风之下，水面荡漾着波浪，鱼线的位置随风向的改变而发生偏移，已走了很远。几只鹭鸟在浅水区行走，像一群巡视者。远远的，有火车驰过，大地发出了小幅度的震颤。如果不看到火车，我完全忘了稻田深处还有一条南北走向的铁路。那条铁路直通公司后院，向南可去广州、深圳，向北可到达省城长沙，公司的大米都是用火车运出去的。

　　鱼终于上钩了，是一条鳜鱼，目测重量超过一斤。老揭一边收线，一边露出难得的笑容。他用的鱼饵是刺木虫，湖区不缺好鱼，他只钓鳜鱼和翘鱼。鳜鱼狡猾，翘鱼凶猛，他的钩又大，一天能钓上两三条就算收获。没想到老头还是个有追求的钓徒。重新挂上鱼饵，恢复坐姿，老头表情平静，瘸腿的狗却还处在收获的兴奋中，猖猖然骚动着。我不好打扰他的垂钓大业，转身走开。

　　此地无山，几座凸起的小丘遍植油茶。从小径过身，随处可见泛黄的野柿子，它们并没熟，一口下去，满嘴苦涩。倒是园里的橘子，早熟透了心，由黄皮变成了红皮，却没人摘。那年，某地的橘子出了问题，迅速波及全国，湖区也是橘子产地，市场订单被取消，卖不出去，只能挂在树上，任鸟雀啄食或自然萎落。有人在园里操着长竹竿，肆意挥舞，敲打果实，他要把树上的橘子打掉，好减少果树的能量消耗。今年已经完了，不能影响来年的挂果率。这么大的园子，本来就赚不到钱，请人采摘，亏损更多。果农希望路人进园采摘，摘得越干净，他们越高兴。只可惜，人的肚皮有限，那些果实成了老农头上的无尽烦恼。每次回城，都要提半袋子，选最好最漂亮的，可我没朋友可以送，房东也不领情，生怕我用这些便宜货跟他套近乎，好少交点租金。后来，便懒得再带了。

　　田垄已经没有一秆站立的稻穗，该交的粮食，都交了上来，如果不和老揭去钓鱼，整个下午，我无事可干。而钓鱼，实在不是我的强项。我不是一个有耐心的人，也没有太多话跟陌生人说，为了不触及心事，我回避着外面的一切。老乡都说我腼腆，老实，人也长得阳光，就是话不多，不抽人家的烟，也不喝人家的酒，连几块钱一斤的苞谷酒都不沾。喝酒的人，心事在酒杯里，不喝酒的人，心事在酒杯之外，个中滋味，无法相通。

回白鹤山粮站的时间越来越早，时间足够充裕，我从半路下车，选择步行走到镇里。两个多月时间，每日跟粮食打交道，身上满是阳光和泥土的气味，心沉静了很多。尽管还是茫然，但茫然中有了一种蓬勃的力量，我明确感觉到了它。

走在乡村公路上，太阳像一个巨大的圆盘，鲜艳，孤独，与我对眼相望。我们都朝西而去，方向一致，正好搭个伴。夕阳下的原野温暖而萧瑟，四处散落着稻子秸秆，秸秆上有鸟雀在觅食。我喜欢深秋大幕降临的厚重感，新栽的油菜刚站稳脚跟，远远看去，田里像长了一层绿色的绒毛。乌鸦、麻雀、八哥，喜欢结伴扎堆的鸟，占领了大地的所有角落，田间地头、落光叶子的枝丫以及电线杆上，乌泱一片。小山丘上的橘子无所事事地黄着，黄得自足而无趣。

我赶在太阳落山前回到了住处。拿出钥匙开门，听见屋里传来一阵急促的"扑扑"声。原来是一只比麻雀个头稍大的灰褐色鸟，正在会议室里挥舞着翅膀。作为宿舍的会议室，两边各有八扇玻璃窗，左边的一扇碎了一个小角，不速之客一定是从那个破洞闯进来的。因为我的突然出现，鸟在情急之下慌不择路，喙在玻璃上猛烈撞击。不知是出于贪婪，还是对意外的期待，我下意识把门合上，还拿了一本书，堵住了窗户上的破洞。

黄昏的余晖让它的羽毛显得很沉重，两块铜板似的搭在鸟背上。我在农村长大，但并未见过这种鸟。为了消除它的恐惧，我尽力摆出一种和平相处、互不干扰的姿态。它的逃离行动大约持续了十几分钟，屡屡碰壁之后，终于安静下来。它有些泄气，但并未绝望，一会儿立在椅背上，一会儿又站到窗帘后面，不停躲闪，倾力试探。尽管它看出我的存在对它无害，但依然保持警惕。

灯亮的时候，小家伙纵身一跃，立在离我最远的椅子上。它对突然亮起的灯光感到不适，百无聊赖地飞了半圈，又回到原点。黑夜已至，大楼静到极点，窗外的世界顿然消失。看不到外面的同类，那只鸟停止了躁动。

每晚与孤灯相伴，确实寂寞，今晚不同了，我有伴了。

我趴在床上，一会儿看书，一会儿看鸟。它一会儿偏头看我，一会儿把脑袋缩进脖子，装成猫头鹰的模样。它一定不明白，为何我既无害它之心，却要强制挽留它。我也不明白，为何要囚禁一只像自己一样孤独无助的鸟。我实在太需要朋友了，即便强制留下友谊，也在所不惜。

第二天醒来，天早已大亮。小东西站在窗台边，隔着玻璃向外张望。窗台外站满了鸟，对面墙上的爬山虎里有它不少的同类，它们在藤蔓间跳跃，啄食成熟的果实。那只鸟比我醒得早，肯定更早地看到了这些。我觉得自己太过残忍，在飞翔和饱食的季节，将它囚禁了整整一晚。打开窗子，它"嗖"的一声飞了出去。我在窗前愣了一下神，它并未划出期待中的弧线，几乎是跌撞出去的，可能太急于离开了吧。

我也要走了。

吃完早餐，我一边收拾行李，一边想着两个多月以来的生活，估算大半年的工资收入。等年底补贴和奖金下来，相信就能还清学费，领到毕业证，至于以后去哪儿，我不知道。

几根炊烟从粮站背后升起，袅娜的躯干肥硕而结实，依然是刚来时的模样。

一棵水稻的现代属性

一

我长久地注视一棵稻子，却未看清露水是如何爬上它衣襟的。这是一个漫长的过程，同时，又是一瞬间的事，就像每天从它跟前走过，却弄不明白它何时完成了灌浆，小小的秧苗突然蹿得那么高，还结出了金黄的谷粒。往日禾苗青涩，穗叶高举，此刻低垂着头颅，它们更迭得那么快，让人难以察觉，而我，似乎总处在某种恍惚之中，正如那沉甸甸的稻穗，在晚风中左右摇晃。

无从确定，是我当时遭遇的最大困境。首先，我不能确定自己是在农村还是在城市。我的宿舍在一片农田之中，春天，空气中飘荡着泥浆的气味，蛙鸣响彻夜空；秋天，鸣虫的叫声更加丰沛杂乱，如同闹市，让人难以成眠。可是，这片稻田里竖着不少烟囱，四周分布着低矮的厂房，盖着石棉瓦，或者烂木板，隔那么一段距离耸立一座高大的写字楼。旧时的阡陌被现代公路所取代，只是那公路经常见不到一个人，车也极少，有也是大货车，稀稀落落地往来。大货车像我一样，很是孤独，走后，留下一溜烟尾气，颓废，无助，像长长的叹息。我的工作身份飘忽不定，一下是行政助理，一下是企业文化宣传员，一下又是质检监察员，此时，公司派我来巡视稻子的成熟程度与虫害情况——这份工作，连个固定称呼也没有。没人愿意接受这份差事，我要面对的不是一亩两亩庄稼，而是几百公顷的水稻田，放眼看去，渺无边际！我在田野中晃荡，像一个无业游民，很难确定我到底是一个农民，还是打工者。在田垄站久了，觉得自己成了一棵稻子，每日接受雨水与阳光的洗礼，这不得不使我成熟，最终像稻穗一样，低下沉重的头颅。这样的环境下，我不能不向现实低头。

这里是常德市经济开发区新产业园，我在一个以大米为加工对象的工厂上班，厂房在产业园的最边缘。

为什么不直接说是大米厂？

这并非出于羞愧，或者有意遮掩，并非怕别人说，一个本科大学生居然在大米厂混日子。这确实是一个大米厂，可又不是一个厂子那么简单，它是一家大型粮食企业，从事深加工。机械化的、大规模的，甚至包括更远端的事业——高科技杂交水稻培植技术研究与推广。我应该叫它公司，而不是厂，它的名字本来就叫×××公司，除稻米之外，还有其他产业。不过，那与我无关，我看见的是一片一片的稻田和一个一个的装米车间。除了收割特殊期，我的日常工作主要是写一些工作总结以及企业文化宣传方面的文章，并抽空制作车间质检报表。在我看来，粮食是没有文化的，最大的文化就是让人吃饱了。我理解不了报表上的那些指标，也不理解车间里的加工程序。工人们所做的事，只是让米变得美观一点、好看一点，让它们看起来不像是从泥土里长出来的，而是原本就属于城市的一员。抛光和打磨有损米的营养，可人们更愿意接受这虚假的现实，他们觉得过去的米不够光鲜。

原粮清理、砻谷（也就是脱壳）、谷糙分离、未熟颗粒分离、白米分级、色选、抛光、配制（各种成分比例有配方）、包装，这是大米加工的九道程序。来此工作之前，我从未想过，一粒米要经过这么多工序才能走上饭桌。一直以来，我所看到的一棵水稻的生命之旅是这样的：将秧苗插到田里，生长四五个月，稻子成熟之后再收割回来，碾成白米，就是每天要吃的粮食。现在，它却有着如此复杂的现代属性。从一个车间到另一个车间，从一台机器输送到另一台机器，这令我想到城市对人的改造。去掉粗糙部分，选出杂质，打磨棱角，装扮一新，使之看起来显得光鲜，这样一来，这个人就符合了现代生活的基本要求，混迹在人群中，看不出彼此间的差别。只有消除差别，才能说你融入了群体，而这正是我的难处。我的棱角太过分明，个性粗糙，体内杂质太多，又表现得过于明显，所有这些都有待加工，与周围的一切格格不入。用他们的话来说，就是幼稚、傻子，他们从来不会用"不成熟"这种斯文词汇。

每次去车间，都要经受莫大的折磨。厂房噪音太大，工人们穿着工作服，戴着口罩和帽子，站在各自的位置前，搬运工坐在叉车上来回运动。他们的声音被轰隆隆的机器声所屏蔽，动作是静态的，表情是无声的，麻木而焦虑，像一具具木偶，成了机器的一部分。他们只有编号，没有名字，也没有声音，看不到一丝生命体征。难怪，当小萍从流水线上换到质量检查员岗位上时，激动得泪流满面。

作为第二车间的质量检查员，小萍是我的工作下线。每隔两天，我们就要对接一次，两三个月之后，渐渐熟了。小萍的老家在本市一个很偏僻的县区农村，属大湘西范畴，是土家族聚集地。我想象不到湘北居然还有这么偏僻穷困的山区，我以为，这里都是平原。小萍做事细心，性格也好，适合做质检工作。这比以前在流水线上做包装工作，轻松很多。她告诉我，她有一个比自己小两岁的弟弟，她以前成绩很好，可家里只能送一个人去读书，她读到高二就辍学了，出来打工给弟弟挣学费。她所有的希望都放在弟弟身上，好在弟弟争气，如愿以偿地考上江南一所重点大学。小萍没去南方打工，却选择去本市工资这么低的工厂，是因为家里还有一个重病在床的母亲，离得近，好方便照顾。小萍很喜欢文学，当她听说我是因为在刊物上发表过文章才被招进公司的，就常来找我借书。有时，她会拿几首短诗来向我请教。这令她的车间小组长黎华很不满。黎华喜欢小萍厂里人都知道，原本黎华跟我关系不错，隔三岔五一起吃夜宵、喝啤酒，他在厂里口碑也很好，业务纯熟，是厂里最年轻的车间组长。因为小萍的事，后来每次碰面，他就横我一眼，去车间核实数据，也不给好脸色看。小萍说，她怕。黎华人高马大，像一个巨大的影子跟在她后面。小萍不喜欢这样的人，我也不喜欢。他的眼睛不该那么肆无忌惮地盯着小萍。

出于某种原因，每次小萍说到这个苦恼时，我总是有意回避。她以来找我的名义避开黎华，可我不能总陪她。我是有女朋友的，女朋友有时周末会来看我，担心被女朋友误会，我常常吃了晚饭，一个人偷偷出去。误入某个村子，天黑之后看不清路，一脚踩进水田，最后狼狈不堪地回来，是常有的事。更多的时候，我沿铁路而行，这样可以避免迷路。

铁路，是一个伤感的名词，它与理想沾亲带故，意味着背叛与奔跑，向未知延伸，以及其他种种可以发挥的想象。我在本地唯一一所三流大学读书，因为欠交学费，虽然毕了业，却得不到学校的通融，没拿到本科毕业证。这意味着我不能参加任何正规的招聘考试，公务员、教师、外企职员等这类工作岗位，都没有资格报考。我必须在这里干满一年半，拿到工资，补交学费，获得毕业证，才有其他选择。

二

独自在原野散步。有月亮的时候看月亮，没月亮的时候，只能看看脚下这片庄稼。晚风吹过，稻浪起伏不定，成熟的稻田像凡高笔下的油画，有暗流涌动。落日硕大，下降过程中发出轻微的摇晃。

三

黑夜降临，洞庭湖平原的某个腹地，我像一个幽灵，游荡在工业区之外。

月亮出来得早，蒙蒙昧昧地挂在头顶，周围的一切都不太清楚，成群的蝙蝠在作低空滑行。火车从厂房背后穿过来，奔向南方而去，这令我想到了广州，又或者深圳。儿时的记忆里，这两个地方是村里所有人发财的梦想之地。年轻人都去那里打工，有的去了，挣了一些钱回来，有的一去不回，再也没见过，不知道他们有没有找到自己想要的东西。月色泅浸，有蚂蚁爬过肌肤的感觉。在湘南老家，月亮很少这么早出现，村里四周有大山阻隔，只有升得很高的时候，才能看见它。那时，它通常已经浑身金黄，非常亮堂了。而此时，平原上的月亮苍白得像一口痰，夜色是铺开过来的，稀薄而大，它的大让人感到恐惧。当然，有时也会呈现出希望，像绝境中的否极泰来。总之，那么令人不安。不像老家，那里是闭塞的，也是安妥的，人们看不到太多的远方，日子过得心安理得，吃饭、睡觉、干活、死去，不管贫穷，还是富贵，怎么都是一辈子。

可我的处境跟他们不一样。

那些日子我像得了癔症，发疯似的沿铁路线狂走。火车开过来时，发出"哐当，哐当"的巨响，它撞击着大地，也撞击着我心脏的内壁。所有火车都无视我的体重，它们从身边飞驰而过，刮出蛮横无理的风，将我重重摔倒在地。好在我只是打了个趔趄，跌在了路边的茅草窝里。我的脸被茅草的锯齿割破了，脚踝也被石头磕出一道口子，鲜血直流，但我并没停下脚步，那痛楚于我来说像一剂强心针，起到很好的提神作用。

夜色渐浓。云幕之后，月色苍白。

火车上的人都很疲惫，他们坐着、趴着，或者睡着，姿态慵懒，对我的跌倒无动于衷，当然，很可能他们根本就没看见我。车厢里开着灯，窗外那么黑，火车开得那么快，而我又那么渺小。偶尔有人将头贴在窗户上，朝我一瞥，露出惊讶的表情。那人一定看出了我的心态，难道他跟我一样，也是内心暗淡，被雾霾所充斥的人？不然，他坐火车去那么远的地方干啥？我们都是在寻找——那光！

一个不自由的人，即便站在广袤的平原上，抬头看天，天也是逼仄的。夜色中挣扎的飞蛾啊，我能怎么帮你？只能熄灭那光——熄灭你心中的希望。站在铁路边，给一个叫毕亮的人发短信，他是我的师兄，现在在深圳，网上搜索的信息显示，他已经写出一些名气，在他那里我能得到认同感。可每次对话到最后，他总劝我要沉住气，因为在外面，并不好混！尤其对我这种单纯得像白纸一样的老实人来说。

考上大学那年，村里人得知我要去常德读书，都很高兴，虽然学校一般，可地方好。村里年逾九旬的老人告诉我，那里有一个大池塘，名字叫洞庭，有"三秋桂子，十里荷花"哪，老人摇头摆尾、颇具幽默感地唱道，惹得旁人一阵发笑。住在山里的人们，一生都在寻找一块三亩大的平整的田，在那里，他们只有梯田可以耕种。他们的命运就像自家的田埂一样，拐弯抹角，狭窄难走，很多人一辈子连县城都没去过。他们觉得能在这样的地方读书是莫大的幸福。我不止一次地听说，洞庭湖地区是粮仓。在他们的想象中，平原大概跟村里的晒谷坪差不多，到处堆满了粮食。可后来，他们听说我毕业后没去教书，而是在一家米厂上班，回村见了我，一个个神色古怪。在村里人眼里，除了政府领导，只有教师是好职业，我念的是师范专业，却没当成老师，是不是在学校犯了错误？背地里流言像风一样四处传播，嘲笑声不断传入父亲和母亲的耳朵里。村里人至今都不相信读大学是要交学费的，大学生可是国家培养的人才啊，他们说。他们不信。大学哪有交学费的道理，隔壁村以前出过一个大学生，他从来没交过学费。至于不交学费就不发毕业证，就更没人信了。他们问，什么叫粮食企业？不就是米厂吗？那么，你是管仓库的咯？我说，我们厂有老家粮站几百个那么大。他们吓了一跳，但还是心存疑惑，认为我在说假话，不大相信。

父亲很不高兴。读了大学，最后还是和稻子打交道，跟种田有什么区别？父亲是个好面子的人。他说，读书人，就应该做一些读书人的事。不过，他也没办法，他刚生了一场大病，家里欠了一大笔债，正因为这，才没钱给我交学费。父亲说，等病好了，一定要来看看。世界上有那么大的大米厂？父亲终究没能踏上我所在的城市。

四

从铁路边回来，已经八点，在公司厂房的前坪上，我遇见了小萍。

她满脸焦急，把路灯光踩得一片凌乱，看起来已经在那徘徊了许久，每次见到她，都是兵荒马乱的样子。在这个拥有几个产业、十几个工厂、数千名员工的大公司里，只有我们俩爱看书。他们每晚都在宿舍打牌，啤酒花生，烟雾缭绕。周末，他们就在厂里的舞厅里唱歌喝酒，这些我都不喜欢。看着我拿一本书转身离开，他们会在背后小声嘀咕一句：装什么清高，还什么文学青年，有病！工业区离市中心有一个小时车程，除了农田，四周只有荒郊野地，冷落凄凉，他们如此打发时间并没有什么错，我的存在，就像掉在他们饭碗里的一粒沙子。

每次，小萍还书给我，都会在书里夹一些小玩意。《活着》中夹两片苦艾，《许三观卖血记》中夹的是一只紫色的蝴蝶，蝴蝶已经风干，露出被压扁的干燥的内脏，粉红色，样子依然光鲜，像一团橡皮泥。有一天，她拿着一封信，脸上笑开了花。她从信封里抽出一张照片告诉我，"这就是我弟弟，叫杨小岭"。照片上的男孩比我高一截，起码有一米七五以上，阳光、帅气，他站在校园里的一棵大榕树下，像某部青春偶像剧的男主角。他们家基因真好，一对儿女都长得这么俊。

接到来自老家的消息，说，父亲死了。也许是今天，也许是昨天，我搞不清他们有没有说谎。我就像加缪笔下的那个局外人，这种重大消息也只能被外人告知。长久以来，因为所处的困境，我跟家里的联系不够紧密。父亲一直生病，大家已经习惯，此前没人想到他会真的死去。回家奔丧，三天未满，我的顶头上司打电话来说，公司事情太忙，早点回来。这令我心里不忿，这回可算看清了他的面目，平日教这教那，看似古道热肠，原来只是想把那些琐事推到我身上，他便可以撒手不管。他的电话令我想起他那双老鼠一样小而凸出的眼睛，势利并带有轻蔑笑容的嘴角，活脱脱一个戏子模样。个头矮小，眉毛寡淡，留着像艺术家一样的披肩长发的他，在这件事上处理得一点也不艺术。就算他不打电话，我第四天也是要回去的，丧事只能请三天假，他暴露了自己。

刚回到厂里的那几天，煎熬，连着失眠，脑袋空空如也。野外，蛐蛐乱叫不已。给父亲办丧事时，我并不感到非常难过，而此时，深处的那块领地突然塌陷了。父亲被埋在我家对面的小山坡上，漫漫长夜，活在人群中的我尚如此孤独，父亲一个人在那边会怎么样呢？他才去，肯定还不习惯吧。父亲生前太硬气，做什么事都不惜命，有了病痛也死撑着，他觉得只要撑过去就会没事。年轻时，他不把疾病当回事，老了，疾病也就不把他当回事。

五

深秋。稻子陆续收割，平原上鸟雀云集，除了少数种类，大多都不认识。这些鸟赶在粮食收割的季节从北方迁徙而来，为的就是这些粮食。从清晨到傍晚，四下喧嚣，这是一场盛大持久的集会。偶尔传来一声枪响，制造出一小段安静，只是很小的一段，很快热闹又会恢复。枪声是湖区的偷猎者发出的。数万计的鸟，死一两只，根本引不起他者的注意，就好像父亲，世界上多一个人呼吸、少一个人呼吸，并不会改变地球的重量。有些鸟飞着飞着就消失了，有些人走着走着就不见了，而天空的颜色不变，平原永远坦荡。

在湖区，稻子秸秆，要么烧掉，要么堆在一起，让它们自行腐化。湘南山区则不同，要将稻子秸秆扎成小捆，然后找一棵结实的大树，在树干上踩成草垛，储藏起来给耕牛过冬。这里不需要牛，耕田、插秧、杀虫、收割，全是机械化。现在是收割焦灼期，大家没工夫理会稻草，它们堆在田里，凌乱而高耸，像摆了龙门阵。天黑下来之后，我寻找回去的路，在里面七拐八弯，转得头昏脑涨。时有秋风吹过，不禁打个冷战，脚下不小心踢到什么东西，稻茬或者土坷垃，踉跄几步，惊起一群乌鸦。那些乌鸦站在草垛上，或蹲在旁边的白杨树上，与黑夜融为一体，分不清彼此。正因如此，当我听到另一种声音，竟以为是乌鸦，走近了，才发现是两个人影。

若不是我阴差阳错从那里经过，及时出现的话，小萍会有怎样的遭遇，可想而知。后来，我问她，你怎么那么傻，他的话也信，怎么能答应他到这么偏僻的地方来？小萍说，是啊，我真傻，真傻，黎华说他只抱抱，亲一下，没想到……她头发凌乱，衣裳不整，口齿也非常混乱。浑身沾满草屑的她，见了我，死死抱住我，趴在我的肩头上泣不成声。我问，抱一下，亲一下，你就能答应？她说，不，不是这样的，你是不是看不起我？我没有说话。我怎么会看不起她？夜色浓密，我看不见她的表情。

她一边哭一边说："我只让你抱，再也不让别人抱了……"

"我一直把你当妹妹看……"

"我知道。"她哽咽。

她哭得整个人几近虚脱，我的后背被她的眼泪打湿一大片。忘了小萍哭了多久，最后我是背着她回的宿舍。小萍说，她弟弟在学校和同学为一个女孩争风吃醋，把同学的脑袋打破了，要赔一大笔钱，不然就劝退。她的工资除了供弟弟上学、支付母亲的药费，一个月下来所剩无几。黎华答应借钱给她，她才同意出来。这个傻姑娘啊。

那晚，夜黑得深邃，窗外满天星斗，它们不停闪烁着光芒，像无数利刃刺破长空。我迟迟没有睡着，走廊对面，小萍房间里的灯整晚亮着。

我决定替小萍讨回公道，不能让她这么被欺负了。上午，要准备每月的例会材料，只能下午去。下午去车间，听到一个令人震惊的消息。黎华做事走神，被机器绞断了一只胳膊，是平日最敏捷、干活最得力的右边胳膊。他用这只胳膊做事，用这只胳膊指挥下属，也就在昨天，还用这只胳膊撕开过小萍的衣服，可现在，它已不再属于他。车间地板上有一摊冻结发暗的血迹，人已经被送去医院，据说，一到医院那只胳膊的残余部分就被锯掉了。

黎华出了事，我才知道虽然他是小组长，但还是临时工。从未想过，黎华这个高大威猛的男人，却没买医保。如此一来，他们家就没有足够的钱为他治疗，厂里只同意给五万块。黎华媳妇，一个三十岁出头、长相平平、满脸悲伤的农村女人，每天挂着眼泪来厂里哀求。

面对如此情形，之前我对黎华的恨意已渐次消失。黎华媳妇认为黎华是因为小萍才酿成事故的。那个女人失去理智，要和小萍拼命。小萍没法上班，一连几天躲在宿舍里。

小萍没法再在厂里待了，领导主动找小萍谈话，多给了她两个月工资，让她辞职。小萍决定远走他乡，去南方打工。临走之前，送给我一条她亲手织的围巾。平时工作那么忙，没见她去买毛线，也没见她做这种活儿，不知道她什么时候织的这条围巾，显然，是老早就织好了的，直到现在才给我。湘北平原一到冬天，风就大，寒风刺骨，我从小怕冷，身上有旧疾，温度一降，骨头便隐隐作痛，有时候痛得下不了床。冬天对我来说是莫大的难关，碰到外出监督收粮，更是难熬。小萍知道我的这一弱点和痛楚，偷偷织了这条围巾，藏了这么久一直不敢拿出来。我不知说什么，她心里是喜欢我的，这一点我知道，我对她也有好感，可她毕竟是我妹妹，永远都是。

我把那本《活着》送给她，血一样红色的封面，像一团方形的火。

"我们都要好好活着。"

"嗯，好好活着。"她点点头回答。

这一叶小小的浮萍不知飘向何方，不知今生是否还有机会相见。

六

12月底，领到工资和小额度的奖金，我从公司财务部出来，径直打了一辆车，从工业园飞奔到市里，来到我的母校，将钱交上去，把毕业证拿了回来。那一刻，我知道自己自由了。

毕业证，为了这一纸证书，我在一个自己并不喜欢的地方待了一年半，我的求学之旅终于画上了句号。当年，含泪将我送出村口、一直想到我读大学的城市来看看的病父，却已经离我而去。他曾经恨不得拼上身家性命，含辛茹苦地供我读书，我明白，他是为了不想让我如他一般继续做一棵生长在大山农田里的稻子，他那么迫切地想洗掉那粘在祖祖辈辈腿上的黄色的泥。可当我面对着这张薄纸时，我猛然觉得这一切太不值当。

拿回毕业证，手上已所剩无几。年关就要到了，我辞掉了工作，不知该不该回家过年。我不能在这座小城里再耽搁下去，可是能去哪里呢？除了目前所在的小城，人生的头二十五年里，我从未出去走动过，在别的地方，我无人可以投靠。

那一段时间里，我常一个人到处转悠，在清晨或者黄昏，总之，是那些被人忽略的时间。这座我读了四年大学，又工作了一年半的城市，我还不太了解，我想好好看看它的样子，如果注定离开，也算留个念想。

沅江边有一条著名的"常德诗墙"，整整三公里，全用石头砌成，像一条水上长城。今天的沿安路是沈从文笔下的麻阳街，我发现，住在诗墙边的人并不写诗，也不读诗。岁末，街上的人们来去匆匆，心神浮动。很多店提前歇业了，发廊还在营业，我是来自乡下的一棵水稻，未经打磨抛光的原生态米粒，散发着大山深处的泥土气息。他们可能也与我一样。我们都是为了活命，为了混一口饭吃——这人间粮食。

天边雾色浓厚，呈铅麻色，那不是粮食，而是堆积的雪粒子，堆到一定程度，它们就会洒落下来。太阳一点温度也没有，假得像发光的冰，即将坠入地平线。在常德，除了落日似乎没有其他特别的景色值得一看。

接到一个未知电话，号码显示是深圳的。"别在那个地方待了，赶紧出来吧，我都能待，你那么有才华，一定能……过完年，我弟弟也要来深圳了。"声音大方爽朗，自信满满，洋溢着跌宕的激情，虽然没报告姓名，但我还是听出了她是谁，她再也不是以前那个羞涩腼腆的姑娘了。

七

城门外，河水无声，光秃秃的柳枝在寒风中发出萧瑟之音。

我不知道自己该去哪里，在这寒风凛冽的人间走动，我必须长成一棵树，而不是弱不禁风的水稻。

城中种稻记

播　种

事实证明，那块土地正如她说的那样，的确很肥沃，冬天播下的种，经过一个春天的孕育，终于有了动静，这回它真的拱了起来。我不是在说稻子，稻子种下是几个月以后的事，那时，她的肚子已经挺拔得像老家屋后的狮子山——虽是村子的附庸，却远比村子显眼。轻手抚摸那隆起的腹部，单薄的肚皮下小东西平缓涌动，有时还会跳一下，进行剧烈反抗。过了最敏感的胚胎期，悬着的心总算可以放下了。

从走路的样子看，妻子实在不像孕妇，早上去市场买菜，更像个赶场的，撒开腿，跑得比兔子还快。我说，可别把我儿子颠出来了。她说，老娘又不是速冻饺子，皮实得很，说完，特意拍拍腰板。我说，是啊，虎背熊腰，种啥长啥。她嗔怒，又嘿嘿一笑。确实，她对自己那块土地很有信心，而对我要种水稻的事，不置可否，持观望态度。从小下田，当了十几年农民，耕作经验丰富，我当然知道在如此高温下栽种水稻风险极大，其难度丝毫不亚于怀一个孩子。然而想种一盆水稻的念头由来已久，挨到此时才行动，已经很对不住它们，这是一个迟到一年的承诺。

那捧稻种去年春天就拿到手了，向朋友讨的。不知道本市哪里有稻种可卖，朋友听说我想种稻子，骑车在县城遛了一圈，专门从种子公司那儿买了，然后寄过来。当时觉得很浪费，我不过需要几颗种子，她却送来了那么多，杂交水稻一兜能分蘖出很大的体系。幸亏给了那么多，不然，稻子种不种得成就难说了。去年因为没找到合适的盆，谷种用纸包着，一直压在书房的罐子下，一拖再拖。完美主义是生命的暗疾，那点可怜的诗意很快被纷至沓来的琐事挤压掉了，像水汽一样蒸发得无影无踪。如果不是妻子怀孕，要充当一段时间家庭主男，也许我会将它们彻底遗忘。掐指一算，此时播种，霜降之前出穗，若能躲过致命的霜降，就不会有问题。到那时，娃刚好出生，稻子也颗粒归仓。

作为大山的后裔，脚后跟的泥虽洗掉了，额头上的土却不易冲刷干净。别人种花，我只钟爱山上来的各样野草，比方说车前草、铜钱草、菖蒲、牛膝，又或者虎耳草之类，甚至干脆种水稻，像老农一样伺候泥土。也劝过自己，学会爱花，爱世间一切美丽之物，尤其是那些娇嫩、鲜艳、绚烂异常的生命，可这么多年过去了，对于此类物种，依然培养不出多少感觉，只喜欢低贱的东西。

不知闲置一年的稻种是否仍具有生命力，还能不能生根发芽。很多植物种子保质期极短，人工培植的杂交水稻不能自行留种，生物特性极不稳定。按部就班，犹疑地用温水将谷种泡上。先将里面的杂质选出，把浮在水面、颜色发暗的颗粒剔除。种子从掌心摩挲滑过的一刻，犹疑一下不见了，一切变得自信起来。是啊，与侍弄文字相比，我侍弄庄稼的本领要熟练百倍。按理，我应该成为一个出色的农民，可命运却让我埋头桌案，以码字为生。

至于种稻的器具，我喊它"盆"，其实是一只青铜鼎——上回在殷墟博物馆参观时买下的复制品。此前，一直没找到合适的东西承载它们。古人说，生不五鼎食，死即五鼎烹。将它们种在鼎中，将来有了收成，再用鼎煮熟了吃，我要让世界上最低贱的东西享受从未有过的礼遇。

尽管每天换水，谷种还是馊了，散发着怪异的腐臭，淘洗时手掌像沾满了溏鸡屎，臭味不可名状，怎么洗也不能去尽，仿佛浸入皮肤里层。我担心它们不可能再发芽了。直到第四天，才看到一缕微光，有几颗爆裂开，露出了白嫩的芽尖。小心翼翼用筷子将它们夹出来，放在纸上，数了数，一大捧稻种，只有七颗是活的，渺茫而珍贵的希望。

将盆里的泥碾碎，直至细腻如浆，水只加浅浅的一层，将发好芽的谷粒撒在上面，事就算成了。

培　育

那段时间，我专心做两件事：为妻子熬汤，茶树菇炖土鸡、墨鱼炖排骨、木瓜炖鲫鱼，轮着来；观察稻芽的变化与长势，一举一动都在掌握之中，人与植物，两者不可偏废，至于上班，过得去就行。

气温一天天升高，逐渐靠近一年中的顶点。早晚没有胃口，只喝一点稀粥，或者啤酒，整天捧着西瓜不放。夏天熬汤如同把自己放在锅里炖，最初还能忍，时间一长，就不耐烦了。像我这种生在农村的"80后"，小时候啥营养品都没吃，奶粉更是闻所未闻，母亲怀孕坐月子，最多杀几只老母鸡，再也没有别的，不也长得好好的，能吃能喝，能睡能干，如今生一个，就什么都娇贵了。她反驳，你难道觉得自己很聪明？我心一沉，好像是不太聪明。据母亲描述，我三岁还不太会说话，五岁还要吃奶，从小体弱多病，有几次半夜差点死掉，能活到现在，全靠老天爷开恩，如果孩子生下来像我，就遭了大殃了。大热天想到这些，冷汗直冒，经此一吓，便再也不敢偷懒，每天顶着满头大汗，一边啃冰西瓜，一边单手控火。除了清早去菜市场买一下菜，其他时间她基本不动，即便这样也不比我轻松，那身体毕竟是两个人啊。屋里太热，我每隔两小时就跑到浴室冲凉，冲完凉，穿球裤打赤膊在屋子里晃荡。大肚子的她就算夏天也不能洗冷水澡，每次见我冲凉出来，撇着嘴，很是羡慕的样子。

因为是短暂租住，我们没装空调。原本打算装的，想到临产前，也就是两个月后就要搬家，若装上空调，到时候拆卸和搬运，将是另一种麻烦。新房去年十月已装修好，要搬，也没什么大问题，挨到现在完全是为孩子着想。我的一位高中同学，据说因为怀孕期间过早搬进新房，孩子生下来后患有严重的自闭症，三四岁了，都不愿意跟人交流，用了各种办法也没完全治好，她告诫我说，前车之鉴，不能不防，新房要尽量空置久一点，入住前还要用仪器测试一次，各种指标达标了，再搬。被她那样一说，我的内心顿时蒙上了一层阴影。

两个人，一人一个小风扇，日夜不歇。不敢用大的，医生说，大风扇对孕妇不利，会吹出问题。别看天热，吹的是暖风，可那层肚皮跟纸糊的一样，一吹就透，孩子会在肚子里染上风寒。

从窗口望去，除了失魂落魄的车辆，街上不见一个行人，闷热和焦虑困住了这座城市，而小小的出租屋又困住了我。再去看那盆稻子，它就像一根救命稻草，在大船行将沉没之时，漂过来，将我暂时拯救。那个漫长而艰难的夏天，侍弄水稻成了我对抗酷暑、打发无聊时光的唯一方式。

关于那盆水稻，开始的半个月，状况令人担忧。照乡下的时令，如果种双季稻，此时，晚稻已扦插完毕，而我才播种。它们的芽出得很犹豫，生长缓慢，颜色黄中泛白，花花点点，像养不活的样子。即便长到一寸高，依然很单薄，身材羸弱，面黄肌瘦，像营养不良、天生畸形的婴儿。直到一个月后，才有了水稻该有的样子，挣扎着，它们进入生长旺盛期。分蘖，抽条，日渐丰茂，那团绿像浓密的云沉沉地停在窗台上。跟云不同的是，它们是有呼吸的，既不会被轻易吹散，也不会凭空消失。叶底无风，也能生出凉意。仿佛种了这一盆稻子，便拥有了一片土地，或者一块菜园，原先局促逼仄的生活一下子宽敞丰盈起来，一切变得从容不迫了，这个夏日再也不那么度日如年。

每隔一周将盆转动更换一次方向，让每一片叶子、每一株稻秆接受均匀的阳光照射。水稻的生长期长达一百三十天，穿越整个夏季。窗台上，那盆绿越来越浓，叶片日渐舒展阔大，秸秆也一天天变得壮硕，看着让人满心欢喜。

单位派我出差，通知是临时下达的。走时匆忙，忘了嘱咐，两天后回来，盆里的水全干了。盆泥表层开裂，豁着大嘴，叶子纷纷打着卷儿，枯窘一片，挼成了绳子状，那情形只有一连几个月没降过雨的农田才会出现。盆底子薄，如此天气，又处在需水量最大的含胎期，短短两天稻子完全失去了原形。我很不高兴，可又能说什么呢，妻子一心惦记她肚子里的娃，世间其他，一概进不了她的法眼。

匆忙浇水，寻思补救之法——得施肥。原本也到了施肥的时候，虽说那些泥是从池塘底下掘上来的，肥力很足，可要维持到稻子开花，甚至结果，绝无可能，农田里的水稻至少施三次肥才有收成，这盆稻子怎么也要施两次吧。小区边上有一个花卉园，专门为市里的绿化工程服务。我顶着烈日出门，却被一只身材魁梧的狗拦住去路，它并没叫，也没有扑上来的意思，只是张着嘴，伸长舌头喘气，两眼死盯着我。天太热，它没力气喊叫，也没力气去咬人，但始终没忘记自己的职责。我壮着胆子喊了几声，午睡的师傅出来了。说明来意后，用五块钱从他手里买了一小包肥料。他告诉我，这花肥是磷和尿素的混合物，按一定比例配制的，施给稻子想必也不会有错。浇水之后，原本稻子已经缓过来了，而我的施肥却好心办了坏事。我的手大，没控制住量，肥施得太多了。

如果说上回是外伤，这回就算是内伤，内外交加，身板本就单薄的它们哪里受得住。半天时间，整盆稻子彻底蔫了，成了焦黄色，秸秆散开，纷纷耷拉下来，似已毙命。只好进一步采取急救措施：先做人工呼吸，把浓度过高的水排干，让根须透透气；再洗胃，连续换几遍清水，力求把浓度降到最低。

一番磨难之后，稻子虽侥幸复活，却变得参差不齐，等到含胎之时，有的肚子鼓鼓的，有的却一直瘪瘪的，甚至只关心生长，完全忘了孕育后代的大事，从头至尾是光杆司令。

那个夏天，除了稻子和妻子，我还在整理一本书稿。说真的，对写作我一直没什么信心，每天不是我折腾文字，就是文字折腾我，难有相处甚欢的时候。而侍弄泥土的愉悦，来得如此直截了当，看着生命每日一变，似乎自己也在拔节生长，身体凭空长高了许多。

水稻含胎时，妻的肚子已经有八个多月。稻子栽在盆里，而她则栽在屋子里，脚下生了根一样，轻易不肯动弹。要说区别，也是有的，稻胎曲线优美，丰实厚重的同时具备某种轻盈感，而她，越来越像笨重的蝌蚪了。

夕阳浓艳，照耀着洞庭湖平原，也照耀着属于我的唯一的稻田。晚风吹过时，禾叶一阵起伏，只可惜，不论清晨还是傍晚，叶尖上从来看不见露珠，顶多摸上去有点潮湿而已。它们这一群体太小，又远离田野，室内的空气水分含量有限，不足以凝水成滴。露珠是大自然赐予植物的诗句，如同人类的精神食粮，其重要性丝毫不亚于阳光，可现在，它们一点诗意也没有。盛来一碗水，均匀喷洒上去，我觉得自己是在做一件善事。

扬　花

天热，睡不着觉，头枕手臂望天，星斗缀满夜空。夏天的星星比其他季节更大，也更亮，闪烁之间很不安分，让人产生采摘的冲动。可星星是摘不到的，触手可及的唯有日益增多的稻花。

半夜开灯，翻身起来，只见稻胎纷纷裂开一条缝，露出里面细碎的白花，像芝麻粒一样密布着，特殊的清香充溢整个小屋。禾苗喜欢在夜里悄悄出穗，稻花之香，有如从碗里飘出的饭香，清新朴素，平淡如常；然而却顽固，即便干旱季节，枯萎至死，细小的花瓣上还残留着湿润的露滴——当我还是一个经验欠缺的年轻农民时，村里不止一次遭遇旱灾，在那些希冀与无望并存的早晨，目睹死亡的露珠从穗尖跌进晨风和泥土中，我知道那是稻子对大地的最后回赠。

扬花需十五天，灌浆十五天，成熟又十五天，再等一个半月就能见到粮食了。我重新躺上床，张大鼻翼，猛吸一口，在巨大的满足中睡去。

半月一次的例行检查，各项酸碱指标以及照片显示，很可能是个女孩，问医生，他们并不明说，反问一句，难道这还看不明白？这个消息令人满意，我一直在说想要一个女儿。她反驳，说我口是心非，如果到时真生个女儿，恐怕又是另一种说法。因为从小父子关系不好，让我对生一个儿子的结果深感担忧。父亲生我时也想要个女儿，因为此前已经有了一个哥哥，一儿一女才是最科学的搭配，结果又是个儿子。父亲很失望，报喜的鞭炮响到一半，一脚就踩灭了。想到两个儿子长大了要跟自己作对，他气不打一处来。如他所料，这两个儿子后来果然都成了他的生死冤家。

妻说，你这是杞人忧天。我说，还有其他更可怕的事呢。她问，有何可怕？我说，你可以换位思考一下，如果生个男的，媳妇的心思会慢慢转移到儿子身上，看着家里有一个跟你气息一模一样的男人慢慢长大，进而取代你，而你却一天天老去，难道不是一场恐怖电影？她问，要是女儿呢？我说，女儿就不一样了，如果是女儿，以后家里就会有两个女人争着宠我，这是多幸福的事啊。妻鄙夷地说，歪理邪说，自私透顶。我说，哪里自私了？生女儿像你一样漂亮，有什么不好？她诘问，你这算将功补过，还是拍马屁？生男生女是天老爷的安排，所谓检查未必准确，你不会有恋母情结吧？我白了她一眼，无言以对。

给母亲打电话，让她早点安排家里的事，随时动身来常德，这回来了，短时间不会回去，家里的东西该卖的卖，该处理的处理。母亲一边笑着答应，一边假装抱怨，儿啊，你这是"头谷不割，割晚谷"，你看你那些老同学，儿子都十来岁了，读初中了，你这还是五月的黄豆，不知什么时候熟。我知道她口中说的是谁，这种事怎可攀比，以前的老同学，大多初中没读完就出去打工了，不到二十岁就结了婚；而我，读完初中读高中，读完高中读大学，毕了业又要找工作，折腾房子，为了完成农民到市民的转变，将有限的青春消耗殆尽。我不能告诉母亲，曾经满头黑发的我，鬓角已有了稻花一样的白色杂质，经常抽空偷偷拔掉。

水稻扬花的时候，母亲来了，抖落一身尘土。她一进门就看见摆在窗台上的那盆稻子，"你在家种了那么多年田，还没种够？"

我什么也没说，望着她，会心一笑。

结　果

三个人窝在四十几平方米的出租屋里，生活不便，我决定提前搬家。预产期一天天靠近，孩子随时可能来到人间，等孩子生下再搬就来不及了，到时候手忙脚乱，哪有工夫安置新家。

九十三平方米的房子，尽管小，却是属于自己的。为了这一点有限的空间，我已倾尽所有。来常德十年，换过三个工作，住过七个地方，一共搬了八次家，然而，最受累的不是人，而是那些书。这些年，它们跟着我饱受流离之苦，如今总算不用蹲在角落里，整日与杂物为伍了。这么小的地方辟出一间单独的书房，妻子并不反对。她知道，对我而言，如果没有书房，这个房子跟出租屋没有什么区别。

没有多少欢喜可言，有的只是重担卸去的疲惫。母亲倒是高兴，忙着给村里人打电话，几乎所有的熟人都打了，汇报搬家的情况以及城里种种。活到六十多岁，她平日连县城都很少去，买东西常常让别人顺路带，此前只出过一次远门，那是十年前的事了，没想到老了却成了城里人。父亲去世后，她没别的念想，一心盼着儿子成家立业。

预产期到了，妻的身体依然没有大动静，举止如同甩手掌柜，健步如飞。虽然医生说，提前半个月或者推迟半个月，都属正常范围，可最后一次检查显示，胎盘的羊水中有婴儿的排泄物，图像混浊，孩子在这样的环境里面待久了会感染病菌，严重的可能导致死胎。飞速办理住院手续，随时准备剖腹产。原本打算顺产，那样产后恢复来得快一些，如今只能听医生安排。

医院大厅里人满为患，排队者把大门都堵住了，坐电梯要用手将人群拨开才进得去。本市有很多医院，私家的也有不少，可绝大多数人只相信市第一人民医院，他们害怕既花了钱，又治不好病。看病的人可真热闹啊，蹲着的，站着的，实在等累了，就顺着墙一屁股坐在地上，膝盖并拢，像鸵鸟一样将头埋在两腿之间。他们并没睡，而是在等待命运的判决。妇产科在四楼，三楼是重病监护室和手术室，从楼道走过，目光所及皆是茫然焦虑的眼神。

母亲第一次来这种大医院，这里所有手续都使用医疗卡，信息化操作，她无所适从，只能像尾巴一样跟着。说是让她帮忙，其实更像是我在照顾两个人，一个孕妇和一个老母。妇产科房间不够，媳妇暂时只能躺在过道的床位上。不知道要在医院待多久，剖腹产的日期没定下来，十天，八天，甚至半个月都是有可能的。整理好床铺，将洗漱用品一一摆放好，楼里突然一阵喧哗。只见一名男子，手中提着一大袋糖，逢人便发，脸上笑开了花。原来，那人的妻子产前检查说怀的是女儿，结果生下来却是个儿子，听到这个消息，他欣喜若狂。我接过他的喜糖，跟在大家后面向他道喜，扭过头小声对妻子说，都什么时代了，生男生女居然会有这么大反差。她说，你嘴上这么讲，到时候如果真生个女儿，看你高不高兴。我说，怎么不高兴，生女儿更好，不是一直说是女儿吗，你可别像她一样，临时变卦，生出个儿子来。她哼了一声，怪不得我，医生说了，性别主要由男方的基因决定。我说，知道了知道了，只要是亲生的，儿子也无妨。她说，你看，果然口是心非，明明想要儿子。我说不过她，只好闭嘴。她突然问，你要不要也下去买点糖？我说，自己的幸福凭什么让别人分享？妻子听后，做了一个鬼脸。

每日往返于家和医院之间，给妻端汤送饭，几天没登录邮箱，打开电脑，出版社传来了好消息，稿子顺利过关，这么多天的忙碌总算没白费。起身伸一下懒腰，窗台上的稻子朝我点头致敬，它们好像感觉到了我的辛苦。

稻子已完全成熟，秸秆从头至尾，没剩多少绿色的成分，金黄的谷粒在阳光下熠熠生辉，当然，这金黄只是很小一部分，伸手去捏，有很多是秕壳，褐色的颗粒也不在少数，这是扬花时天气太热造成的。没处在最好的季节，加上施肥时受过重伤，又缺少蜂蝶的参与，授粉不均，这是意料之中的事。即便是秕谷，凑上去闻，鼻孔里满满都是浓郁的稻香，这就够了。

预产期过了五天，不能再等了。跟医生商量，说要看孕妇的身体和精神状况，具体时间最好由她自己决定。

2017年9月15日，这是她选定的日期。妻子说，如此，孩子生下来就可以跟外公同一天生日。

三个小时的等待，时间仿佛停滞，各种古怪念头，如日月星辰穿梭于脑海中，而最后，漫长的间隔一跳就过去了，什么都没留下，那段时间成了记忆的空白。护士在喊我的名字。是个男孩，恭喜啊，她笑着说。看来这个医院的前期检查很不靠谱，性别老对不上号，不过，此前他们并没明确告诉我一定是女儿，也许这是他们的一贯做法，法律规定产前是不能做性别鉴定的。我没来得及去看孩子，急忙问，还有一个呢？护士说，她很好，医生正在缝合伤口，等一下就出来。

孩子躺在褓褓之中，刚剪断的脐带沾有血迹，护士掀开婴儿床上的毛巾让我看了一眼，又赶紧裹住。刚才还在大哭呢，大约是累了，睡着了，护士说。这就是我跟她的儿子啊，八年的感情长跑总算有了结晶，我终于种出一棵属于自己的稻子，虽然迟了点，头谷晚谷都是谷，能割到手就行。他的耳垂很大，像我；发际线很高，也像我；其他五官，诸如鼻子、眼睛、下巴，全像母亲，一副恬静秀气的面孔——不是我先前一直担心的那样，像我一样丑陋，像她一样愚蠢。目前看，他很漂亮，应该也聪明——起码表面看是这样。有个朋友后来说，这孩子是她这两年见过的最好看的孩子，这话虽有善意的成分，但我相信并不偏颇得厉害。

妻子一个小时后才从手术室出来，躺在救护床上，推过来，跟儿子的小床并排放在一起。这是属于我的两个人，两个在此生与我最休戚相关的生命。妻子完全说不出话，脸色煞白，眼睛只望了我一眼，就闭上了。

护士长将我拉到一旁，一条条耐心嘱咐我怎样照顾新生婴儿与产妇，她还给了我一本手册，将重点部分用红笔标记出来。那些条例非常琐碎，而我从来是一个粗心的人，初为人父，早已方寸大乱，哪里记得住。而母亲，现在的婴儿用品跟她那个时代完全不同了，最关键的是，她老了，手脚笨拙，反应迟钝，眼前的一切都这般陌生，让她无从着手。

住院楼是双人房，在妻子之前，已经住下了一位，她也是在老公和母亲陪护下生产的。多亏了这一家三口，我们一有事，她的老公和母亲就主动伸手帮忙，尿片该怎么换，喂奶时手怎么捧才不会碰到产妇的伤口，孩子排泄之后一定要将毛巾用温水浸湿才可以去揩拭屁股——初生婴儿皮肤娇嫩，用干纸巾或者毛巾直接擦，很容易受伤。其实，他们的人更需要照顾。那是一个年过四十的高龄产妇，生的也是儿子，因为早产，一生下来就被送进了重症监护室，已过三天，孩子还没跟父母见一面。高龄产妇身体虚弱，恢复得很缓慢，她的脸色看起来非常憔悴。

那个女人之所以成为高龄产妇是有原因的。夫妇俩以前有个儿子，17岁那年去南方打工，从此生死不明。开放二胎后，经过慎重考虑，决定再生一个，不然，到老连个送终的人都没有。他们是农村的，没有固定单位，长年在外打零工，医疗费几乎不能报销。他们真的很穷，也很节约，老婆住院，母子二人在医院旁租了间便宜的小屋，在那里买菜做饭，吃不完的菜留着，第二顿加热了，继续吃，就连米饭都不浪费，剩下多少全拢好了留着，一眼就可以看出，饭盒中掺杂了剩饭剩菜。男人进出医院穿一双旧拖鞋，他告诉我，为了这个儿子已经花费四五万元，目前看来，肯定还不够。孩子被送到了重症监护室，只能吃母乳。女人年纪大了，挤不出奶，即便这样，他们连二十块钱的挤奶器都舍不得买，用手异常艰难地推着，疼得女人咬牙切齿，直哼哼，我赶紧把自己买来的挤奶器借给了他们。医院里有人推着小车在过道里卖小碗的汤，财鱼生肌，有利于产妇伤口的愈合；鲫鱼和黄豆炖猪蹄都是催奶的，卖东西的人很有经验，分量弄得适中，价格并不贵。可为了省钱，他们不嫌麻烦，宁肯自己去旁边的市场买了鱼到出租屋炖。

听他们说话就知道是长年与泥土打交道的，朴素得让人生不出任何戒备之心。为了娃，他们耗费了所有积蓄。

老丈人和丈母娘从广州启程，来常德看外孙。天不遂人愿，正如当时的天气，他们来时头顶下着瓢泼大雨，为了赶路，两人浑身被浇湿，而孩子因为在羊水中受了感染，体温突然升高，不放心，只好在医生的建议下，被送进了重症监护室，二老只能透过玻璃偷偷瞄了外孙一眼，便退了出来。

将二老送到住处，丈母娘跟母亲一路上细细碎碎说些什么。老丈人对着新房打量了很久，尤其是摆在窗台上的那盆稻子，他跟母亲刚来时一样，不明白我为什么种一盆水稻，而不是别的花花草草，看样子，它们长得并不好，收获不了多少谷子。我忽然意识到，他在广州是专门搞园艺的，肯定看不上这样的东西。好在他只是可疑地看，并没有发表什么看法。

后来，他踱进我的书房，神秘莫测地摸出一本，问，这是你写的？听说你在写书？写了多少本了？写书辛不辛苦？一本能挣多少钱？……搬家时有意将那本书夹在书堆之中，母亲来了一个月，没发现一点蛛丝马迹，没想到老丈人一来就从成百上千册书中翻出了那一本，那本我迄今唯一出版的，难道他是有备而来？我心想，关于收入问题，说多了不行，说少了也不行，如果说没有，似乎更不行，要是那样，拿什么来养活他的女儿？不知道当时是怎么敷衍过去的，反正没有正面回答，他问的那些问题好多天都在头顶盘旋。

写作与种庄稼确实很像，都需要一颗萌动的种子、一个好天气以及一块适合耕作的土地，可最终它们并不是一回事，作者除了一笔一画埋头敲打，别无选择，所谓收成决不像窗台上的那盆稻子，每一粒都能计算清楚。

收　割

孩子在医院监护了七天，虽被再三告知没什么大事，但我的心始终悬着。那种感觉就好比一位老农，年成很好，庄稼也颗粒饱满，可在归仓之前，心是不可能放下的，生怕从哪里刮来一阵风，飘来一场雨，一切便化为乌有。

出院前去找同房的那家人，用红包装了五百块钱，塞到老太太手中，以表示对他们那段时间关照的感谢。一家人力辞不收，几番来回无果，只好作罢，想来这是关于尊严的事。一个人既然能无私地帮你，就不会接受你的馈赠，这原本是一回事。

医保政策规定，新生婴儿必须在30天内上户口，否则不能报销住院费用，上户口就得有名有姓。

取什么名呢？我站在窗台思索良久。

我是一个尘世幸福感很低的人，对现实世界永远充满着敌意和不信任感，有时即便幸福来临，也会选择主动拒绝，而眼前这一年，幸福之事接二连三降临，成家立业，买房生子，让人不知所措。我从没做过收获的准备，哪怕是细微的收获。依稀记得只身怀揣3000块钱出门求学的情景，倏忽已十三载。这些年，我得到过很多来自这座城市的关爱，同时，也充分领略了它所赐予的冷漠与伤害，对此我都心怀感恩。是啊，爱有很多种方式，包括它的反面。无疑，我跟眼前这座城市的关系是那么复杂难言。我从不把任何获得的东西视为理所当然，世界的可疑让我对有限的幸福愈加珍惜。看着那盆熟透的稻子，我心想，名字有了，就叫"陈晚禾"吧。这个秋天，我确实收获了两棵稻子，而我们两个人又都是晚婚晚育。我觉得名字取得不赖，上户口时，工作人员都夸孩子名字取得好。

双手紧握，将稻穗搓几下，谷粒就全掉了。不过是很小的一握，还没有朋友当时寄给我的稻种分量多，然而，却很有满足感。

只有亲手种的粮食才干净，才能喂养出不令自己憎恶的身体，人时有限，没有必要索取多余之物，那都是徒劳的啊。我写作，是在另一块田地里栽种水稻，文字也是粮食的一种，在喂养肉体的同时，也构筑起我的精神堡垒。土地和阳光比人世宽容，它们酝酿收成，也允许秕谷存在，实际上，我得到的饱满颗粒非常之少，用手指一拨，很容易数清，秕谷占据了绝对的份额，有限的收成让它们显得弥足珍贵。收割之后，只剩一盆灰色的泥，浮起的泥皮与我灵魂的颜色那么一致，那么土，那么灰，那么薄弱。

水干后，我没有再添，就让它慵懒地躺在那儿。没过几天，凝固的泥块彻底松弛了，疲惫如同死去一般，进入了一种睡眠之态。已是深秋，不能再种别的了，但我还是忍不住用棍子戳几下，松松土，浇少量的水，就算不撒种子，也觉得它一定会长出什么来。也许，我们都应该重新学会呼吸——那盆土以及我生锈良久的躯体。

抱着孩子站在阳台的秋光中，他从我的臂弯深处探出脑袋，睁大眼睛，努力呼吸，嘴里发出一连串的"嘟噜"声，鲤鱼吐泡一样好奇地打量周围的世界。我知道，那便是途径所在。呼吸原本就是自然而然的事，是一桩不用学习就能开启的生命旅程……

广州：父与子

十月，广州街头人流涌动，空明深邃的天空下不断升起尘土，但它们并不能掩盖天的蓝。澄澈光润的它已经不像夏天那么耀眼，现在可以长时间注目。抬头看，这个南方的交通枢纽，飞机像公交车一样在天上往来频繁，轻盈矫健的姿态，像低空滑翔的风筝。很久没像现在这样关心世界，平日要么埋头工作，要么整天坐在电脑前敲打键盘，对置身其间的大地和头顶上方的天空，熟视无睹，缺乏基本的沟通。

天河区柯木塱镇，位于广州城区东北郊，属城中村。我的岳父岳母，一家六口住在这里。此刻，我们站在一栋即将面临拆除的旧式出租屋楼顶。

我，还有刚满一岁的儿子。

如果不是飞机不停出现在眼前，从它衰败的气息，破烂的地貌，看不见半点公共设施的街头，以及周围没有一点格调的苍蝇馆子，完全不能想象这里是广州市的地界。它实在太偏僻，太破旧了，连一个像样的商场都找不到，没有一家上档次的餐馆，想请大家吃顿好的，要坐车走好远的路。它的样子连老家那座湘南小县城都不如。这片区域是初级加工厂和小型作坊的集聚地，随便一栋低矮的房子都挂着什么什么公司的招牌，这类工厂只能吸引外来农民工，且是上了年纪的农民工。走在街上，碰到的多是衣着朴素、目光收敛的中老年人。他们操着各式方言，以随身携带的浓重乡土口音为暗号，那些走到哪里都无法改变的生活习俗，使他们像动物一样，很容易就找到了同类。湖南衡阳的租住一条街，四川广安的租住一栋楼，如此扎堆取暖，似乎就有了足够的安全感。

两年前第一次来此见她的家人，这里尘土飞扬，大马路上废墟成堆，地铁也没安排停靠站，这块地方像是被广州这个大户人家丢弃在荒野中的孩子。

我所在的房子是一栋当地人自己修的民居。三层楼的高度，在高楼不怎么林立的地方，使我拥有了相对开阔的视野。上一次如此专注地数飞机，得追溯到十几年前。那时候，我常坐在山坡上，看飞机向南飞去，据说，那里是一条固定航道，白天飞往广州和深圳，晚上的时候再飞回来。飞机去后，会在天空中开凿出一条粗长的、横斜的白色通道，除了形状，与云无异。那时候，一下午，顶多能数到三五架飞机，那是一条并不怎么繁忙的航道。因为飞得太高，很多时候只能根据飞机屁股后的白色大尾巴判断它的去向。我从没看清过飞机的模样，如果没有那条尾巴，它仅仅只是一阵遥远而混浊的轰鸣声。它是那么的遥不可及，瞬间千里，想去哪就去哪，作为一个从未离开大山的孩子，我只有顶礼膜拜的份儿。它在天空出现时，给我留下的印象，跟在书上看到的并无本质区别。是的，飞机对当时的我来说，更像是一个梦的幻影和一个令人着迷的名词。而现在，我几乎能看清机身上的白色字体。

从常德到广州有直达的航线，只需要一个半小时。如果来看儿子，坐飞机是最便捷的方式。可我知道，这不太可能，以我现在的经济实力，还没有乘坐如此昂贵的交通工具的资格。而且，岳父岳母也不会同意，他们都是节俭之人，机票的价格是火车票的几倍，一个来回，足够儿子喝两个月奶粉了。可是坐火车，就不得不忍受一个通宵的颠簸，想到这里，惆怅万分，以后来广州见儿子并不是一件容易的事。

儿子一只手揪着我的耳朵，另一只手对着天空指指点点，嘴里吐着呜哇之词。他不知道天上飞来飞去的是什么，无名兴奋着。事实上，现在的他对任何事物都兴趣盎然，如果可以，他能把世界搂在怀里，挨个儿抚摸一遍。

而我，经验的世界里已经很少有东西能刺激我的观感，我的情绪不再被它们召唤，关注点早已不在此岸。一岁的儿子已经可以看到那么远的东西了，两个月前，只要去户外，他便目光游离。真是一天一个样，他生长着，体积、重量和情绪每日剧增，哭泣和睡眠之外，他逐渐开始呈现出第三种更为复杂的精神状态。

闹够了以后，怀里的他有些疲惫，扭动身子，示意要坐下来。他坐在我的大腿上，而我，坐在一张被人遗弃的断腿转椅上。

破旧简陋的楼顶让我和儿子感到适意。他有飞机可看，而我也得到了身心的释放，很久都未感觉过的自由，重新降临在我身上。父子两个人的空间，没人来打搅，妻子和岳父岳母哥哥嫂子在楼下聊天，他们一年没见了。

楼顶积存了各种肢体不全的物件。木的、铁质的，因为日晒雨淋，都已经面目全非。这些东西，还有家里现在用的很多器物，都是岳父从路边捡来的。随着广州市城区规模的不断扩大，这里每天都在进行拆卸和重建，过时的废旧家具经常被扔在路边，如同过去的有钱人在路边架起锅灶施粥一样，它们的主人觉得自己在做一件善事，反正卖也不一定会有人要，而对于外来租房者来说，这些旧物可以让他们省下一大笔买家具的钱。它们都是岳父一家曾经用过，现在没法再用的东西，等到这栋房子拆迁，将彻底告别人间。

岳父在妻子上初中时就来此打工，他是他们村南下闯荡广州的第一人，屈指一算，一二十年了。跟着他的脚步，村里人将整个村都从衡阳搬到了广州，几乎每家每户都有人在此地落脚，由此形成一个聚落。在老家衡阳之外，他们组建了一个与之完全对称的村庄。平日在广州打工，过年过节则短暂回到乡下，他们是最大的廉价劳动力，一股时代的盲流。

南方雨水丰沛，裸露的天台，霉菌四处攀爬，旧家具的木头表面被画得斑驳淋漓，像一幅幅错乱的地图。这也是岳父一家生存状况的隐喻。他们匍伏在地奋力挣扎，不过是在寻找一个可以依附攀爬之物，不管城市多难，总比山窝里有希望，而希望，是他们得以活下去的最大念想。

眼前的这个楼顶为我还原了岳父旧日生活的日常现场。破旧，简陋，病菌滋生。可他们没有选择，因为这样的房子，租金比新的楼房便宜了将近一半。楼顶角落处摆放着很多残缺的坛坛罐罐，里面培种着葱、大蒜、紫苏。葱和大蒜长得很好，看来岳父平日一定照料有加，紫苏因为到了深秋，显出凋零之态。在紫苏旁边，有一丛蓬松茂盛的细叶植物，秸秆和叶形都很像藿香，细看却又不是。妻子告诉我，它的名字叫罗勒，是岳父从老家带来的种子。岳父好这口，喜欢用罗勒的叶子当香料炒菜下酒。

抱着孩子坐在一张断腿的旧椅上，我的身体始终处在微妙的状态之中，腰身尽量侧着，以便让重心落在足够承载我们重量的位置上，脚也使着暗劲，勉力保持平衡，我像是在表演一种高超的悬坐技术。

颤颤巍巍，不得不随时调整姿势保持平衡，那正是我当时真实的内心写照。

把儿子从千里之外的常德送到岳父岳母身边，实属无奈。

本来儿子由母亲带着，可哥哥突然生了女儿，更加年幼的侄女更需要她照顾。晚婚晚育似乎也能遗传，母亲32岁生的我，我也32岁结婚生子，哥哥比我更迟，到35岁才有女儿。

"没想到现在轮着我们兄弟争夺老娘了"，哥哥打电话对我说这句话的时候，透着无法言说的悲凉。一直以来以孝子自居的我们，从没想过会有这一天。父亲走得早，原本我们应该好好赡养母亲，让她享清福才对，可现在，却反了过来，还要麻烦她为我们抚养子女。这个故事实在太老套了，进城后把老父老母丢在乡下，老人病死摔死，或者饿死，死后尸体发臭被人发现，这种新闻报纸上比比皆是。更有甚者，几兄弟为了争夺老人为自己带孩子，大打出手。过去，一看到这样的事，我们兄弟俩便义愤填膺，忍不住大骂那些不肖子孙，忤逆之徒，可现在，我们也走到了这一步。有什么可商量的呢，母亲已经照顾了儿子一年，轮到去哥哥那里了。

母亲去了深圳，我不得不把儿子送到他外公外婆这里来。事情就是这样。我和妻子都要上班，不可能让某个人专门在家带娃，我们家没有这样的条件。

儿子似乎感知到即将被父母丢弃，连日来心神不安，白天贪睡的他，连眼睛都不闭了，生怕一觉醒来父亲母亲就不在身边。他一直躲在妻子的怀里，用惊恐的眼神打量四周。外婆来抱，他死死搂着妻子的脖子不放，强行用力拉，就立马哭了。到后来，不单是别人，就连我这个当爹的都不能靠近。他是有第六感的，在陌生的环境下，竭尽全力使自己处于清醒的警惕状态。

他终于还是累了，支撑不住了，弱小的身体能量有限，傍晚时，脑袋一歪，伏在妻子的肩膀上睡着了。

把儿子抱上床后，我一个人绕过菜市场，沿后面的小路漫走。一屋子的人挤在一起，难免给人一种时刻都要面对抉择和压抑之感。我的散步是一种文人病，妄想在庸常的生活中找出一点诗意。可惜，我失望了。距离不近的出走，使我的内心更加灰暗，拥堵不已。

沿途既无景色可看，也无南国风情可以领略。一切都灰蒙蒙的，树叶以及街边小摊，全被黄土覆盖。那条路是残破的坑坑洼洼的水泥路，汽车开过时，扬尘漫天，连眼睛都睁不开，不得不赶紧伸手捂住嘴巴。我很怀疑，那些落满尘土的东西是否能卖得掉。大约走了二十分钟，终于在路边见到几丛芦苇，耳边同时传来淙淙水声，以为有了生机，结果却看到一条比酱油还要黑的溪流。黑色的溪流，从山脚而来，而山脚是一片菜地，有几个人手持农具在里面劳作。地里的蔬菜肥头大耳，茂盛得让人难以置信，却全都蓬头垢面。远远看见菜地中间有几个石棉瓦盖的临时窝棚，想必是菜农的住处。不知道菜农们来自哪里，在此谋生了多长时间，他们默默地辛勤耕耘着，用特制的长勺给蔬菜泼水——舀的正是那条黑色溪流中的水。我们早上吃的蔬菜，很可能也来自这里，是他们用这种脏水浇种出来的，儿子若放在此地，岂不天天要吃从这里长出来的东西？这样一想，真使人感到害怕。溪流来自山脚，山脚之上是什么？能把一条小溪污染成这样，绝不是一天的事。我很想前去看看，却又迈不开脚步。

必须承认，我是一个胆小鬼，一个软弱无能的穷书生，酸秀才，怕见到真相，见到那些令自己恐惧的东西，而最令我恐惧的是，即便知道真相，也无力改变它。为了掩盖自己的软弱，我像无数次那样，又一次选择了逃避，往回走了。

朋友知道我把儿子送到广州，以为条件会很好，他们绝不会想到，会是这样的情况。我们是在广州，可我们所处的位置是工业区的最边缘，这种地方往往也被破坏得最严重，同时却又是被充分忽视的地方。据岳父描述，本地人多数已经逃离，他们要么住在深圳，要么去香港，只在每个月收房租的时候才出现。

小时候的想象里，广州是一个遍地流金、浑身透光的豪华都市，跟眼前这个破陋的镇子完全不搭界。那次游走让我彻底看清了小镇的模样。几条巷道里，一家正宗的广东餐馆都找不到。原因是，没人会去吃，他们舍不得。粤式餐馆的消费比北方馆子贵很多。这里基本是苍蝇小馆子，口味对准相应的顾客，老乡招待老乡。聚集在这里的外地大龄农民工非常吝惜自己的收入，要么在房子里自己煮，要么简单吃一点最基本的菜品，能填饱肚子就行，绝不会过多讲究品味，更不会像年轻人那样，领了工资，就找地方奢侈浪漫一回。他们知道，留给自己挣钱的时间已经不多了。我想，这也是岳父他们为什么一直租在那么一个空间狭窄、条件简陋的地方的原因。

　　岳父他们住的地方不足五十平方米。岳父岳母两口子，儿子儿媳妇两口子，还有一对小孙子，六个人挤在有限的空间里，我和妻子一来，就得打地铺。我真的不忍心把孩子丢在这里，也不忍心给他们本来拥挤不堪的生活再增加负担。可我没有办法。

　　跟岳父商量，旧房子不能住了，必须搬去住一个条件更好、地方更宽敞的房子。否则如何让我心安？他们早就不该住这种房子了，孩子们更不该。

　　我和妻子偷偷跑出去，看了几处房子，比较之后已基本谈好，只等他点头，房租不用他管，半年一交，连同押金我一次性付清。这不只是给我儿子住的，也是给岳父岳母住的。我希望他们能过得舒坦一点，这么多年在外打工，他们一直过着暗无天日的生活，他们对自己实在太残忍了。想到这里，我的眼睛就忍不住湿润。我的父亲没给我机会孝敬，她的父亲，无论如何不能刻薄相待了。

　　岳父开始难为情，忸怩着，不好意思让我破费，后来一想，两个孙子和一个外孙跟他过这样的艰苦生活，确实不妥当，才终于点头答应。现在的问题是，目前住的这个房子的房东迟迟不肯出现，他不出现，我们就没办法结账，不结账就不好搬到新地方。关于房东，他可能住在香港，也可能离此不远，这一点，岳父住了这么多年，从没问过。岳父说，以前他是半年出现一次，现在，因为有了微信，交房租用手机，他每年只是在年底回来看看自己的房子是否还"健在"。岳父联系了两天，房东才有回复，我的心总算安定了一些。

　　吃了晚饭，独自来到楼顶，天上繁星点点，飞机比白天更加频繁。不管周围环境多糟糕，星空始终美丽如一，它还跟在乡下时看到的一样漂亮整洁，甚至更加漂亮一些，因为乡下没有这么多飞机点着萤火，来来去去。睡一觉，天亮之前就要离开广州了，把儿子一个人留在这里。那时候，他一定还没睡醒，我们连告别的机会也没有。不过，这样也好，对妻子而言，第一次母子别离是一个艰难的时刻，没有那双小眼睛注视，她的步子可能会迈得容易一点。

星空璀璨，我们的生活如此缺乏诗意。

广州之旅并不是儿子第一次远行。

生下来四个月，他就坐过长途火车，去妻子的老家衡阳过年。

腊月的最后几天，天气寒冷，我背着大包小包在前开路，妻子抱着襁褓中的他尾随其后。三个人挤在人流如织的春运车站，暖意浓浓，心里多少带着点衣锦还乡的味道。当时，我们是怀着喜悦之情去衡阳乡下的，既是过年，也是祭祖。家族添了新成员，必须告知那边的先人，这是乡下的规矩。

从长沙南站上高铁后，我掏出手机，情不自禁写下：

> 雪花，以及铁轨的撞击声
> 世界的一切都是新奇
> 我不知道你会酣睡，还是睁大眼睛
> 努力呼吸。出生一百多天就要坐火车
> 去远方，而我，第一次离家出走已经成年
> 承载我的火车在夜里行驶艰难，如今
> 它飞得如此轻快，思想的重量与肉体成正比
> 我希望你长得更慢一些，千万别像我
> 过早地领会故乡与漂泊的含义
>
>
> 孩子，其实我只是带你去看一抔土
> 一个一到春天就鲜花开遍的村庄
> 芳草之外，那里还生长着一棵叫母亲的树

她的母亲——你的外婆

早已成为一种象征

儿，我必须告诉你真相

告诉你一段关于旅行的意义

女人就像理想，须安放在远处才值得

用一生去跋涉。以后，你最好

远渡重洋，娶一个外国女人

火车、轮船、飞机，挨个儿坐过去

不，我不是教你怎样去看她，而是说将来

你回故乡的几种方式

此刻，再翻出这首诗，心头满是疑问。儿子有故乡吗？如果有的话，在哪里？是父亲的老家永州，还是母亲的老家衡阳，又或者他生长的地方常德与广州？似乎都不是。想到这些，真替他感到难过。过去这些年，我一直靠贩卖与故乡有关的文字为生，等到儿子长大，却连故乡都无从考证了。

我们家有六个堂兄妹，娟是唯一的女孩，最小，却最早结婚生子。因为她家的经济环境比我们好，二叔在外打工多年，攒下了一些积蓄。

从小学三年级起，她和文全就在我们家吃饭，兄妹俩多半时间由我母亲带着，他们跟随母亲的时间远比自己的亲生父母长。当然，在我家吃住的期间，他们也干农活，遭的罪丝毫不比我们少。两个人是标准的农村留守儿童。后来娟嫁到江西庐山，丈夫是她在南方打工认识的，家里条件好，出嫁的时候，堂兄们都去看了，觉得她嫁得好，为这唯一的堂妹感到高兴。那个地方临近鄱阳湖，一片坦荡，物阜民丰，条件比我们山里好多了，丈夫也一表人才，看起来做事精明，大家都觉得很放心。但我们没想到，男方家重男轻女，娟一连生了两个女孩，婆婆不高兴，总给她脸色看。于是，她就把女儿带回村里来养了，跟母亲住在一起，而自己，又跟丈夫一起出去打工。她很少回江西公公婆婆那里，娟从小性子倔，受不了那个气。

这么好的侄女，怎么就没生下个男孩来，母亲难过地说。我知道，母亲的难过除了生男生女的问题，更是因为娟现在所处的困境。她当年是留守儿童，好不容易熬到今天，她的女儿却步了她后尘，又一次成了留守儿童，成了人们口中的"留二代"。

这种情况并不是个例。我的同辈人，出门打工的"80后"和"90后"，子女多半成了"留二代"。每年春节，丈夫和妻子告别，母亲跟子女拥泣，难舍难分，妻离子散的情景在中国农村集中上演着，没有哪部电视剧的剧情能如此波澜壮阔，催人泪下。母亲是在电话里说起这些的，她说堂妹的时候，其实就是在说我们自己。我们母子三人现在不也是这样？她和哥哥在深圳，我在常德，而我的儿子，又远在广州。这个大家庭不知道何时才有团聚的可能。

当时，我正坐在从常德去往广州的火车上，母亲的倾诉像铁轨上的哐当声，在黑夜里无穷无尽地响着。

如果不是元旦，国家的法定节日，我们未必有空可以去广州看儿子。

已经三个月没见他，不知道他长成什么样了，三个月的时间在他身上烙下了怎样的烙印，有了怎样的改变。火车在夜色中疾速爬行，夜是那么漫长，好像从未如此漫长过。那一晚我几乎没睡。

连夜赶去看他，可他已经不认识我了，见了我，转过身去，赶紧往外婆怀里扑。不仅如此，就连妻子他也感到陌生，不肯走过来，只是睁大眼睛好奇地看着她。这就是我的儿子？我日思夜想，惦记在心的人？他的表现，简直让我愤怒。然而，又不能不忍着，我不能跟一个一岁零三个月的记忆力单薄的孩子置气。妻子耐着性子，逗他，渐渐地总算不那么见外和警惕了，不过，依然没有母子间的亲昵感。他愿意亲近妻子是在两天之后了，那时候，我们已面临了新的离别。我对家庭的感觉，就是在这样一次又一次的不断离别中淡去的。每次面对故乡的亲人都不知道如何开口说话，强大的陌生感充斥在我们之间。

元旦之行，我既高兴又失落。高兴的是儿子很健康，并且活泼好动，跟两个表哥打成一片，远离父母并没让他不开心，出现心理问题。而我的失落，同样是因为他离开父母居然也可以过得这么好，没心没肺地玩乐，一副乐不思蜀的样子，他连亲爹都不认了啊。

心头有说不清的滋味，复杂难言。妻子看出来了，却不知怎么安慰。是啊，这道命题哪里是她能解答的，她也才初为人母，第一次从身上割下来那么一块有生命的肉，她内心的空虚和无着落，恐怕比我还要强烈。

眼前这离别的意义，难道是生命最后真相的预演？

我不知道。不到最后一刻，我们很难醒悟自己的一生。

想到故我今我同为一人并不使我难为情，这是伟大的诗人才能抵达的境界，我做不到。很长一段时间，我尽量避开与他人的纠葛，希望身边的朋友并不比世界上任何一个人更了解我，我们彼此波澜不惊，井水不犯河水，谁也不轻易去搅动他人那潭生活之水，更不入侵他人的精神领地，最好子女也无，做一名彻头彻尾的丁克。孩子刚出生时，我真的很烦恼，很想将他塞进母体，让他重新回到女人肚子里去，而现在，我却希望他能早点回到自己身边。是的，不得不承认，我每天都在想他，每想一次，就好像自己又回到了童年。

这并不是说，新的生活成员的降临改变了我的价值观，而是我意识到，自己远没有想要的那么强大，孤身跋涉于漫长的生命旅途，终究耐不住寂寞，我跟天下所有凡夫俗子一样，不自觉地期待能有一个跟自己呼吸节奏相同的人出现。他可以是知己，也可以是其他什么人。儿子的出生为我的软弱提供了一个全身而退的台阶，当我向世俗低头时，终于有了一个完美的自欺欺人的借口，就是这样。

因此，我依然迷茫。每个人只有一次活与死的机会，没人能教你怎样去当一名父亲，就像没人能教你真正认识自己，我只是在假装认识自己而已。从出生开始，我们就在学习如何成长，或者说，学习如何衰老，如何死去，在这趟逆旅之中，我们毕生都是一个学徒。他得向我学习如何老去，而我要向他学习再次长大，终有一天，我们父子会在途中相遇的。

希望如此。但愿如此。

陌生的身体

从未如此讨厌自己的身体，正如从未如此热爱它，爱它的敏感、固执以及柔弱不堪——不能不爱，此时此刻，我的灵魂还寄居其间，它是那么渺小，那么卑微，整日惶恐不安，亟需一个强大的庇护所。然而，它失望了。

伸手估摸这副骨骼，就像一个穷鬼紧紧捂着自己的口袋，生怕被哪个贼人盯上，轻轻一戳，最后几块铜板便不知所踪。如果真是铜板就好了，事实上，它更接近于木板，已败坏到相当程度的木板，散发着阵阵酸腐之味，闻之令人不适。谁能想到正值盛年的自己，身体会如此糟糕？

最先出问题的是脖子。

难以名状的酸胀感集聚在颈部的固定区域，进而疼痛剧烈，请人按摩或者闭目养神，均不能缓解。它的发作时间比闹钟还准，每天的下午三点准时响起，像一个破门而入的强盗，不由你拒之门外。我不能继续坐在办公桌前写字，就算躺在沙发上，也无济于事，酸胀和疼痛不会因为我的妥协而网开一面。当时，我还抱着侥幸心理，认为那只是一时劳累，加上日常的写作习惯，在电脑前坐的时间太长，这种情况对文字工作者司空见惯，只要稍加注意，休息一段时间，慢慢就会缓过来的。然而，并没有。不但颈部没好转，屁股也很快出了问题，每日如坐针毡——我得了痔疮。那个部位又痒又疼，短短几天之内，症状急转直下，大便时带有斑斑血迹。我这才发现自己的身体已经像年久失修的机器，濒临险境，没办法正常运转了。去看医生，医生说，我的颈椎、腰椎都出了问题，痔疮不过是连锁反应，如果不认真对待，及早处理，将来的后果要比现在可怕得多。我觉得现在已经够可怕了，比现在还可怕，得糟糕到什么程度？我无从想象。

医生说，这是一种养生病，无药可治，得靠自己调理，全方位休养生息。照医生的嘱咐，这大半年我得少看书，少写字，尽量别干文字工作，切不可终日端坐，坐久了，大脑供氧不足，血管压迫到神经，颈椎问题会更严重，要多出门，多走动，多游山玩水。他特别强调，别看自己年轻，就不当回事，现在的工作环境，你这个年龄已经到了节点，照顾好了，以后还有很长的路走，照顾不好，中途抛锚熄火，或者直接报废，那是常有的事情，没看新闻吗，好多年轻人经常猝死在工作岗位上。也就是说，接下来，我得像一个纨绔子弟，或者土财主那样生活。可我有这个资格吗？没有。别说大半年，就算两个月不干活，全家人就得喝西北风。因此，我不得不背着医生，偷偷给那些条款打折扣。不过，我很注意地不连续久坐，也不长时间用单一的姿势干活，把自己当成油锅里的鱼，不停变换角度，调转身体，避免煎煳粘了锅。医生的话有夸大的成分，不管大病小病，他们总是那一套，先吓唬住病人，否则，你怎会听从他的安排？我不信，三十多岁的我，身体会坏到无可挽救的地步。然而，这种事，只能信其有，不可信其无，毕竟身体是自己的，为长远计，不能不慎重对待。

这些年，我的屁股一直忙于和椅子建立友谊，我固执地认为，这份友谊越深，离自己想要的东西就越近，它们将成为我文学事业的见证人。从未想过，二者之间的结合是一场阴谋，它们暗中策划，等时机一到，便揭竿而起，联合起来革我的命，将原本就很逼仄的生活空间挤压得无路可去，而我，除了缴械投降，没有反抗的余地。

接着是血脂问题。

三十岁开始，我便遭遇严重的失眠，血管在午夜里发出汩汩的流动声，吵得人无法入睡。以前，那种声音接近山泉，清澈悦耳，流得不急不躁，细碎而安宁，听得久了，终会睡去；如今，它们变得喧嚣刺耳，混浊不堪，身体内部的那条河仿佛遭遇了洪灾，泥沙俱下，流得很是艰难，重重地喘着粗气。每次听到那股浑浊的声音，便生出一种不祥之感，心脏也随之变得不安，于是，失眠进一步加剧了。果然，单位组织集体献血，检测却显示，我的血脂偏高。

你今年才三十五？这个年龄段血脂这么高，很不正常，血站年轻的工作人员拿我开玩笑，这么浓的血，只能像狗血一样，泼到墙上，辟邪用，捐是没办法捐献了，要调理一段时间，等降下来才行。又是调理，我对这个词已经开始产生了恐惧心理。年长的工作人员说，你身体偏胖，肝功能不好，要减肥，少熬夜，多锻炼，每天早点睡，知道吗，年轻人，熬夜比喝酒更伤身体，要想多活几年，从现在开始就要注意，身体是革命的本钱啊。我说，您讲得很对，身体不但是革命的本钱，还是革命本身，可您知道吗，我现在已经很少写字了，要是再睡早一点，什么事都不干，只怕明天就饿死了，哪还有机会关心以后。

谁不愿意有副好身体，诗意地栖居，生活本就该充满诗意。只可惜，那点好不容易积攒起来的可怜诗意，轻轻一吹，便被世俗的尘土淹没，速度之快，让人怀疑它根本没存在过，而那个要奔赴的所谓理想，又轻易地屏蔽了沿途风景。我们的身体像一架被催动的机器，一旦开启，便不可能停下，更不可能脱离既有轨道，重新选择一条运行路线，身不由己，是所有命运的共同归属。所有的时间和精力被身体捆绑，消弭于不可抗拒的日常琐碎中。

将近十年，周末谢绝应酬，闭门不出，把自己关在家中，埋头于不为人知的事业，有了孩子之后，时间就更不够用了。每天在太阳出来前出门上班，到傍晚再顶着落日回来，冬天里两头不见天，好不容易等来的周末哪舍得与人分享，更舍不得拿去锻炼身体。固然，这世间很多事都很有意义，比方说健康，比方说诗意的远行、人群里的狂欢，然而，我只能选择最紧要、也最迫切的事去做——我现在最迫切的是生存。如若生存没有保障，最想做的事又无力触及，身体锻炼得再好，又有什么用，活一百年又有什么意义？可问题是，活的时间太短，也绝非本人所愿。这正是症结所在。

真的很想知道，古代上班族是如何打理生活的，士大夫们既要埋首于公务，救济苍生，又要养家糊口，还得抽空寄情于山水，一切显得那么毫无违和感。不过，我一向怀疑古书的记载，古人善于惯常的伪装，如同我屏蔽周边风景一样，他们也屏蔽那些不堪入目的琐事俗物，选择部分真实，甚至完全虚构，在文字世界里撷取想要的东西，古代隐士和辞官者多如牛毛，可不像现在这样，跳出一个来，就会成为新闻头条。真诚的人都是笨拙的，他们大多活得很艰难，辗转腾挪，每走一步都不容易，然而，演戏又不是人人都擅长的。这是另一个症结。

负责献血的医生听我谈及种种，轻声叹了口气，真可怜。确实可怜，我摸着肿胀的下巴，陷入深深的苦恼中。

是的，我的牙齿也出了问题。

那颗牙折磨了我两宿，好像有奇怪的虫子钻了进去，在里面肆意啃咬，啃得我半边脑袋近乎麻木，伸指头一敲，头颅的质感像一个快要开裂的西瓜。实在无法忍受，才去看了牙医。那是一家路边小店，招牌上写的是祖传技艺。那时，我的牙龈部位已经灌了重脓，鼓起很大一块，老先生见此情形大吃一惊。你怎么现在才来，像这种情况，很多人只怕早疼得晕死过去，哪还走得了路。我解释道，之所以现在才来，是因为以前从未遭遇牙痛，以为挺一挺就过去了。万幸，老先生说，要是再迟一点，你就真有麻烦了，牙部神经离大脑太近，烂得太厉害，没人敢给你拔，去中心医院要花几倍的钱。原来，他是想给我拔牙。必须拔，这是智齿，老先生说，智齿基本属于废物，可疼起来，却会要了你的命，赶紧的，宜早不宜迟。

所谓智齿，就是成年后才长的牙齿，如果不是老先生告诉我，我连它的名字都不知道。人既已成年，便有足够能力面对这个世界，这时候长牙，当然是多余的了，既非雪中送炭，也非锦上添花。我的智齿有四颗，他说，从形状分布看，都要拔掉，如此才能一劳永逸，免除后患，不然，它们随时会影响旁边的牙齿，感染或者发生痈疽，麻烦随时会找上门。看看，跟自己过不去的，往往是那点小智慧，所谓过犹不及，多余的东西只会让我们陷入尴尬的处境中。

对于身体，我们实在所知太少，身体里那么多零件每日跟着我们东奔西跑，风尘仆仆，从未被正视过，只有当不幸降临，身体发生病变，让你感觉到痛时，才感知到它们的存在。

智齿得一颗颗拔，拔完一颗，恢复好以后，再接着拔第二颗。照老先生的说法，拔完智齿，两三天内饮食便可恢复如常。然而，情况并不像他说的那样，我的疼痛不但没有缓解，反而加重了。我怀疑，是不是老先生年纪大了，眼神不好使，搞错了对象，把好牙拔了，却把坏的留了下来？他说，看来，我低估了你牙齿的损害程度，智齿旁边的那颗问题已经很严重了。我说，那就继续拔，长痛不如短痛，把坏的都拔掉。他说，不能拔了，再拔，你就成豁嘴了，除了智齿，所有拔掉的牙都得种上，你这个年纪就植牙，跟老头老太太似的，也太夸张了。那怎么办呢，我问。当然是养着，调理，注意饮食，勤刷牙。

瞧，又是调理。不知道是我调理它们，还是它们在调理我。

智齿拔掉了，但它的阴影还留在牙槽里，用舌头轻轻舔舐那个盗洞，神经末梢传来难以言说的惊悚，一股冰凉和城池塌陷般的感觉袭击了我。牙龈的酸软伴随食物的咀嚼而来，仿佛一个进入耄耋之年的老人，我每天被残缺提醒着。我知道，自己的身体再也回不到从前了。

没办法向人阐述自己的困境，腰椎和颈椎在身体内部；微微带点口臭的嘴，不能随便示人；喉咙最深处的脱落，就像独自咽下的苦果，他们认为一切都是我的伪装。

以前每次理完发，我都会让妻子帮忙，在家里花上一段时间用钳子将两鬓显眼的白发摘除。那些白色的发茬又粗又硬，从最初的三五根渐成燎原之势，在两鬓建立了几块规模不小的根据地。如今，它们的根据地又连成一片，势不可挡，只能听之任之，任由它们肆意滋长。白发如同稻田里的稗草，长得比庄稼快，不修理头发时，它们藏在乱草丛中，没那么显眼，一旦理发，几天时间，比周围的头发高出一大截，轻易就能瞄到。人群中有人毫无愧疚地举起了投降的大旗，缴枪不杀，饶过我吧苍天，我老了。

我似乎故意在用一种苍老证明自己的成熟和稳重，问题是，这种行为本身就很幼稚。未老先衰，从来不是一笔财富，它只会让你变得焦虑不安，提醒你生命的短暂和时光的迫不及待。士兵们溃不成军，纷纷背叛自己，向生活高举白旗，献出自己的阵地，我能怎么办呢，不投降，也没意义了。我这个主帅，单凭一己之力，根本无法扭转局势。

记得上班的第一年体重是110斤，现在将近160斤，大腹便便，弯腰穿袜子都气喘不已，身体如同弃履，我真的很嫌弃它。如果灵魂有居住的选择权，我就舍弃此处，另选一具皮囊。然而，不能。我们的灵魂和身体一样脆弱不堪，身不由己，唯独它们的关系牢不可破，这种牢不可破的关系，让双方每日都相处得如履薄冰。相对于灵魂的不满，身体的怨愤显然更甚，否则，它怎么会动不动就生一场病给我看？它这是在报复，博存在感。写这篇文章时，中途一场感冒，我不得不停下来休息。以前，感冒的频率是一年一次，如今一年四次，而且逢感冒必头疼，一头疼便是一整天，无论吃药还是打针，都不能缩减这个时间跨度。疾病唯一的好处是，逼迫自己停下来，审视眼前的生活。

过去这些年，我忽视身体，消耗它，透支它，甚至折磨它，从未把它当回事，如今它也就不再善待我。熬夜写东西，一坐就是十几个小时，连续多年很少在零点以前睡过，除了吃饭上厕所，屁股一刻不离椅子，我的身体似乎成了椅子的一部分，陷入其中，不可自拔。那时候，所有一切都是自己的，我的时间，我的肉体，我的精神世界，人时有限，我不允许任何人分割占据我的生命。可现在，我的牙不是自己的，脖子不是自己的，腰也不是自己的，就连灵魂都变得陌生。属于自己的东西还剩几何呢？我说不上来。

贪夜，身体独自醒着，思绪昏昏然游离于黑暗之中。妻子和孩子早已入睡，发出酣熟的鼻息，只要我不翻动身体，他们便不会察觉。琢磨白天的工作和那个一直没完成构思的小说，脑袋有些发胀，想爬起来去书房坐坐，又怕惊醒枕边人。活得太过具体不是一件好事，要关心的东西太多，比如说柴米油盐，精神理想；比如说，老同学是不是真升为了副处级干部，今年是否能挤出时间评职称。年复一年，借口越来越多，欲望越来越少，身体该软的地方不软，比如骨头；该硬的地方不硬，比如心肠。想到照镜子，里面那个人却十分陌生。人近中年，失眠如影随形，身体像昙花，只在午夜开放，我从未告诉妻子，几年前我就是睡觉困难户了。她也从未发现，晚上躺在自己身旁的那具躯体在黑夜中经受着怎样的煎熬，至于头上的白发，在她看来，仅仅是我过于劳累的结果。

不单她，我也被自己的表现迷惑了，越来越看不清自己。事实上，眼前这个自己，不但不陌生，反而比任何时候都来得面熟。他的脾性、走路的姿态、粗重的喘气声以及待人处事的态度，一切的一切都那么似曾相识。衰老就是你突然意识到，自己开始拥有了一些和父母一样的缺点。我发现自己越来越像父亲了，我长着长着就成了自己讨厌的样子，伪善，油腻，装腔作势，最终却骗不了自己，因为他就像茅坑里的石头，又臭又硬，顽固透顶，不知变通——我曾经最讨厌的父亲身上的那些毛病，并未因他的死去而消亡，而是随着时间的推移，在我身上一一重现了。这么说，好像是在为自己找借口，一个迄今为止一事无成的借口，因为，那个人是那么失败，以至于没有任何地方可取。

既然我是个复制品，那么，也就没有理由不复制那个人的失败。这个想法让我感到余生的恐惧。有一段时间，我对小城的每一条街道，每一个角落，每一个店铺，甚至每一口吸入胸腔的空气都感到厌倦，它们熟悉得叫人难受。没有任何意外，不管使多大劲，花多大力气，我都无法摆脱它们。雷同的生活把人的精神变得麻木，如同行走的木偶，不知朝夕。

在借调到政协编书的那段时间，每天下班后，我都要步行拐进老西门的巷子，在新修的古井旁坐上一时半刻。看着匆匆西坠的太阳，心里很是忧伤，同样是重复轨迹，相对于它的从容无畏，我的脚步明显过于犹疑。照例要一碗莲子粉，照例在大树底下坐定，然后旁若无人地用勺子慢慢挑着吃，那一刻，整个城市好像只剩我一人，往来求食的身影和急匆匆赶着回家的人，都可以视而不见，人群中的片刻安静是一种真正的大自由，是不足为外人道的。老西门里有一条护城河，河边有草木，草木中有蛐蛐的鸣叫。我很好奇，它们是如何穿过那么多条马路，抵达这个城中小巷的，它们似乎习惯了城市的喧嚣，叫声和城市之音达成了惊人的默契。这种默契，我永远做不到。到今天，我已经在这座小城生活了十六年，却依然像掉进碗里的一粒沙子，显得不合时宜。

老西门原先是条老巷子，本城最破最旧的巷子之一，经过改造重建，竟然华丽转身，成了市里最好的休闲去处。这就是城市，很多街道一夜之间化为乌有，同时也有很多街道一夜之间成为凤凰，不像身体，一旦废旧，很难实现逆生长。

仰望苍穹，星星隐约可见。路灯亮起来后，护城河里的鱼循着光色不断浮上来，捕捉水面的蚊虫。有人喜欢往臭水沟似的护城河里放生鱼，只可惜再多的鱼也喂不饱一条河，正如再多的声音也填不满空洞的鼓，日子仅仅只是经过，一个人在此独坐，等到星星缀满夜幕，便起身回家。起身的那一刻，感觉身体轻盈了不少，好像刚刚的独坐，让体内的渣滓得到了沉淀。

在巷子见到那么多人，年轻的、老的，每个人都自信满满，对眼前的生活表现得游刃有余，散步时神情笃定，很舒适的样子。而我，即便坐着不动，心里也很是恓惶。一个人到底有多悲观，对生活多没有指望，才能保证每天过得开开心心？在这座小城市，我感到特别孤独。这种孤独，更让人觉得自己的陌生，我几乎快认不出自己来了。可即便孤独，我还是害怕遇到熟人，要是有熟悉的身影经过，我会转过身，把脸朝向一边，避免被人认出，而不得不开口说话。

晚上看书，从窗户飞进一只蛾，我放下书，对它喃喃自语，把自己对生活的看法、文学的理解以及内心的困惑，和盘托出。它当然听不懂人话，我只是控制不住自己的言说欲，不能跟人说，就跟虫子说。妻子说，她经常发现我一个人独自在一边碎碎念，走路做事也爱走神。我很想告诉她，现在特别想家，想那个生我养我的湘南山村。若在老家上班，我能有自己的土地和菜园，周末可以走亲访友，跟最底层的乡亲们互诉衷肠。

在这座城市，相比高朋满座的文人雅集，我更愿跟巷子里的老头老太太们闲聊扯淡，听听他们对眼前这个世道的看法，读书写字之余，一坐就是小半天，一句话不说，光听他们讲就获益良多。调节身体的同时，我能捕捉到心灵最真实的温度和来自烟火人间的微妙响动。世界不一样了，人心也在变硬，自称艺术家或者艺术爱好者，即所谓"性情中人"的造作已不能打动我。城市喧嚣，唯有人群中的孤独，像文学一样具有持久的保鲜作用。为了摆脱孤独，我迷恋上了写作，而写作习惯的养成，又让我变得更加孤独。因此，我不得不在宁静与焦灼不安中跟现实保持一定距离，最终得到一个不被世人所爱的自己。很难说，这是一种恶性循环，还是一种不可预知的变数。

我愿做一个怀揣刀刃的人，用冰冷的解剖刀，或者温暖的手术刀，对人性进行开掘或弥合，要见血，然后知道怎样为人，知道它怎样在钢铁似的管子里春风一样奔跑。我也愿做一个被忽略的人，一个被时间之岸抛弃的人，带着眼睛和心跳等到成为尘土的一天，因为最终没有什么可以永恒。惶恐与苍老，让我发现自己尚且活着，能免于平庸的，只在这一秒与下一秒间的缝隙，毕竟，无论谁，每过一天他的身体都会更加轻盈，也更加接近于尘埃。

　　我希望把自己当成过滤器，当世界经过我抵达我的亲人时，会变得温柔一些，不会因为过于尖利或过于真实，使他们无法承受。也许，这就是我的身体为数不多的用处之一。

我听见乌鸦在唱歌

一

　　阳光从天上砸下来，光影四溅。天空高远，林子深处物色明朗，城市的喧嚣被阻隔在矮墙之外，让人觉得身处异境。公园从没这么静过。在这座城市，这个时间点，这里阒无一人。此刻，周一早上八点半，正是上班打卡的时间，除了我，没有其他人闲得来此散步。老头老太太嫌天气冷，不像平常那么起得早，他们心有戚戚，生怕自己像公园里的树叶一样，风一吹，就落了，成泥成土，再也长不起来。我蹑手蹑脚地走在林子里，东张西望，像一个窃贼。草木光影斑驳，我一边走，一边觉得有无数幽光如芒针一样从背后扎来，它们在等我——那些来自四面八方、难以计数的候鸟。

　　位于洞庭湖腹地的小城，每年这个时节群鸟不远万里来此越冬，它们要在这儿待上三四个月，直到来年开春再走。这些来客，故乡远在西部地区或内蒙古高原，它们种类繁多，衣冠之色五花八门，除了那群嘎嘎叫的乌鸦，大部分我都叫不出名字。平原上的乌鸦一旦飞起来，遮天蔽日，像一块下压的黑幕。城区空地和绿化带的树上到处是它们的影子，公园里也三五成群，这里一堆，那里一堆。上班时间来此溜达，并非不务正业，我身负一桩特殊使命。领导交代，这两天，我什么都不用干，专心去对付那两只乌鸦。抓住它们，格杀勿论，或者将其驱逐出公园。最低目标也要让它们离单位远一点，闭上它们的乌鸦嘴。

情况是这样。我在一家文化单位上班，单位职责是组织各种群众文化活动。此前，单位的馆舍是20世纪70年代的旧建筑，2008年汶川地震后的余震使它摇摇欲坠，不能继续用了，于是单位另筑新馆。新馆地址选在白马湖公园靠北的一角。大楼完工后，设施配备齐全，气象万新，搬入新馆那天，老同事们情难自持，似乎，文化的春天真的要来了。

在公园办公，环境雅致，一抬头，景色都装在窗子里。平时演出多在公园广场，走出大门即到，地点既便捷，又敞阔。只是没想到，会出这种意外，具体来说，就是两只乌鸦。公园里乌鸦很多，但老喜欢叫，总是不合时宜出现的，只有那两只，来这里的人几乎都认识它们。它们一听见广播和音乐声就叫，我以为，也可理解为歌唱，但凡是鸟皆有歌唱的爱好，而乌鸦也是鸟的一种。

我此行的目标就是它们两口子。

这里的乌鸦不怕人。平时来公园玩耍的人随手抛撒食物，它们与人亲近惯了。见到我，鸦群扑腾着翅膀，几个起落，跳跃着，一下就飞奔到了眼前，像等待主人喂食的家禽。它们跟我很熟，平日来此散步，常相互打招呼，这让我有点下不了手，手里的棍子犹豫不决。我在公园徘徊许久，才朝它们挥手打去。乌鸦们猝不及防，被吓得飞到树上，然后，齐齐地不解地扭头看我。它们此时方知我的不怀好意。唯有一只例外，它的胆子很大，只是跳远一点，站在那儿不动。它似乎很想弄清楚为何我一反常态，做出这样不友好的举动，这个人昨天不还跟我们有说有笑，唱歌互答吗？

他们说这不是一群好鸟，然而，我却不这么认为。乌鸦唱自己的歌，关他们何事？说这话的人才居心叵测，不是好人呢。我问："乌鸦兄，为何大家说你不是好鸟？"它扭头不语，尔后，突然"哎呀"两声，像是朝我吐来两口痰。

他×的，难道你真不是一只好鸟？

我很快发现误会它了。它的扭头并非冷眼相对，而是在跟树上的同伴说，都下来吧，这人不会伤害我们的。我不懂鸟语，它也不会说人话，此结论是从后面发生的情况分析得出的。因为，那只乌鸦叫了以后，树上的乌鸦们纷纷跳了下来。它们并未当即原谅我，下来后叽里呱啦，对我刚才的行径抗议了很久。

领导将这件事交给我而不是别人，是有原因的。我在湘南大山里长大，从小与飞禽走兽为伍，深知它们的习性，20岁第一次进城，如果不是考上大学，现在还在山里放羊。我写过一篇文章，叫《通鸟语的人》，里面多有夸张之词，纯属文学作品，然而，单位的同事看过之后深信不疑，以为我真的懂得鸟语。领导据此断定，既然我那么了解鸟，让我去做这件事，对它们实施逮捕和驱逐，就再合适不过了，至少比其他人要更有把握一些。然而，我心里非常清楚，这并不是根本原因。根本原因在于，昨天那两只乌鸦所闯的祸，与我有千丝万缕的联系，至少在单位领导看来是这样的，我必须为自己的错误行为赎罪，将功补过。与其说领导对乌鸦有意见，不如说是对我有意见。

让我描述一下当时的情形：

昨天上午，阳光跟现在一样好，天空高蓝幽远，净无纤尘。单位决定利用周末组织一场市民文艺演出，特别邀请了主管文化工作的领导来致开幕词。公园里人头攒动，一切准备就绪，约莫九点钟的样子，那位领导在众目睽睽之下准时登场。他满面笑容，举止雍容，迈步走上了主席台，先是对我们馆里的工作进行了一番表扬，然后，按部就班为活动致辞。原本一切顺利，可他说着说着，突然顿住了，场外猛地传来一声尖叫："哎呀！"主管领导被这一声尖叫吓得面容失色，在上面顿了几秒钟。等他缓过神来，重新讲下去时，又是两声"哎呀，哎呀"，他不得不再次停下来，举目四望。他担心自己说错了话，惹来台下观众的取笑。工作人员也紧张起来，左右张望，小心探寻，发现原来是公园桂花树上的两只乌鸦在叫。那棵树离前台近，乌鸦的叫声很大，它们似乎对这个领导有意见，在一边"哎呀"个不停。工作人员发现是乌鸦在叫，而不是有谁故意捣乱，很快将它们从一旁赶走了，可主管领导的话再也念不顺畅了。

祸算是闯下了。

二

乌鸦早已逃之夭夭，我却被单位领导逮住，劈头盖脸一顿臭骂。好不容易请来领导，让他当众出丑，得罪了上级，以后工作怎么开展？

我来公园是逐鸟的，找机会逮住那两只爱叫的家伙，可是，除了刚出现时给了它们一点惊吓，乌鸦全然不把我放在心上。我向前几步，它们便退后几步，飞开来，跑跳一段距离，然后从别的地方落下，没有丝毫的惧怕，更未表露出任何要离开此地的意思。它们将我手中挥舞的木棍当成了游戏工具，这都是因为平时跟它们相交甚密，过于友好造成的。偌大一个公园，它们长了翅膀，从心理上不惧怕你，人是毫无办法的。驱逐尚且未成，所谓捕捉，也就沦为了笑谈。我这人一向缺少杀气，威严不足，平时总给人一种软弱可欺的形象，很少有人把我当回事，鸟多势众，就更不会把我放在眼里了。

将数以百计的乌鸦驱逐出公园，这个任务显然不可能完成，退而求其次，我只好琢磨如何找到那两只非常自恋、很爱唱歌的家伙，给它们一点颜色或者警告，算是作个交代。

天下乌鸦一般黑，眼前一黑一大片，要从鸦群中认出它们，难如登天。想要辨别，除非等到下次搞活动，公园的喇叭响起，它们才会站上枝头，放肆歌唱。那得等到黄昏时分，那时候大家都已下班，我才不会为了两只乌鸦，不舍昼夜呢。

我已经尽力。非我不为，实不能也。我一边走，一边作如此想。

然而，我又忍不住暗自发笑。我哪里尽了什么力，不过是用实际行动完美解释了一个词：阳奉阴违。我的那些举动不过是做做样子，敷衍了事罢了，之所以如此高兴，是因为领受领导的旨意，只是想找个借口偷懒，不用每天坐在办公室上班。若真有意为难它们，凭我积累的经验，即便不能对它们造成伤害，也绝不会让它们如此安然自得。内心深处，我是喜欢它们的，就像喜欢世界上任何一种鸟一样，在我眼里这鸟和那鸟没有任何区别，更没有祥瑞和凶兆之分。至于这个城市的其他人，虽然他们对乌鸦抱有成见，把它们当成不祥之鸟，可在秋冬季节，在这个特殊的时间段里，人们与乌鸦相安无事。

小城生活乏味无趣，待个三五年，走在路上尽是熟悉的面孔，没有哪条街、哪个旮旯儿保有秘密，太阳底下无新事，看得久了，连空气都是陈旧的。呆滞的模式化生活，每个人都渴盼有新东西闯入，身体以及精神领地需要注入别的因子，即便是乌鸦——这种历来被视为不祥的鸟，人们也欣喜万分。他们并非真的喜欢乌鸦，如果把乌鸦换作其他更恐怖、更使人讨厌的东西，他们同样也会夹道欢迎，这潭死水需要波澜。公园建成以后，每到秋冬季节，天气好的时候，人们便来此消遣——随身携带粮食，玉米粒、煮熟的大米饭，或者面包，撕碎了撒出去，笑看众鸟争夺。

细心者能看出，这种举动暗藏恭敬，骨子里，还是防备着，乌鸦在民间的口碑不好，历史上也少有正面形象。

乌鸦形象不佳，源于它那张嘴。不管什么时候，叫起来都惊慌失措，让人感到惶恐，"哎呀"一声，像发生了什么大事。这是他们一贯认为的，我并未如此觉得。在山里放羊的那些年，我听过太多鸟叫，比乌鸦叫得更难听的鸟多了去了，但它们没有乌鸦这么显眼——那团漆黑的幽灵，仿佛时间的空洞。天地万物各有形态，长相出奇，声音多种多样。不说动物，单说人，一个物种，就有数不清的语言音调，这种不同之处也正是世界的丰富和美好之处，然而，人们并未因此放过乌鸦，见了它就要驱赶、追打，唯恐避之不及。

相比人，鸟身在高处，目光远大，乌鸦一定看到了什么未来之物，而那些东西对人不利，它好心转告给人，一慌张，急坏了嗓子。叫得不好听，人们非但不领情，还心生怨恨。忠言逆耳，他们不愿接受即将到来的现实，直至事情发生，把责任全推给鸟。

这也怪乌鸦自己，多管闲事，它不知道预言家的命运从来都是不妙的。从哥白尼到布鲁诺，被视为"异端"的先行者不止万千。人类的发展史，就是一卷为预言付出代价的历史，古今中外的预言家纷纷为自己的话付出代价。对待同类尚且如此，何况是一只无关的鸟呢？人间惧怕真相，乌鸦说了真话，给出了不该的预示，自然要受惩罚。

乌鸦们不知道，讳疾忌医，皇帝的新装，才是人间常态。

人们不愿听见乌鸦叫，大概是因为它们过去预言过太多凶兆，一一应验了。当然，这只是我的猜测。乌鸦天南海北，游历四方，见多识广；我卑微渺小，目光短浅，整日窝在火柴盒一样的屋子里，能明白多少真谛？不过，有一点我是知道的，乌鸦和大雁、天鹅一样，有着忠贞的爱情，都是一夫一妻制，情人死去，剩下的一个绝不偷生，会毫不犹豫选择殉情。乌鸦的爱情，与大雁、天鹅如出一辙，可后两者被人称道传诵，唯独乌鸦被视为不祥，我实在替它们感到难过。

乌鸦来湖区定居的时间远比人类早。当这里还是一片泽国，荒凉无际时，它们的祖辈就来此过冬了。人类后到，却反客为主，霸占别人的家园，赶走先来者，这于理不合。就算它们做错了什么事，说错了什么话，也不该遭受如此待遇。

　　独自在公园转悠，不时陷入种种遐想，捕捉之事忘到了九霄云外。太阳西去，黄昏降临，暮色覆盖下来，公园逐渐归于安静。鸡栖于埘，乌鸦也有这个习性，它们从大地和天空两个方向朝树枝聚拢，安静地蹲在枝丫间，像结了一树黑色的果实。它们要在树上过夜，我也要回家了。

三

　　一连三天我都在公园里假装驱赶乌鸦，单位里万事不管，乐得一身逍遥。越是跟它们打交道，越觉得它们可亲可爱，羡慕它们天南海北到处飞，而我却整天待在屋子里，不见天日。

　　领导询问我战况如何，我双手摊开，作无可奈何状，一根鸟毛都交不出。他有所觉察，看出了其中的端倪。那段时间公园里的乌鸦不减反增，而那两只爱叫的乌鸦，每天黄昏依然站在老地方，唱个不停，看见有人路过，就"哎呀"一声。原因很简单，每天去公园，我都偷偷给它们带一点碎面包，很多别的地方的乌鸦也被吸引了过来。

　　领导倍感失望，不再信任我，决定临阵换将，他把单位里的七八个年轻人纠集了起来。这让我非常担心，他们绝不会手下留情，像我那样做做样子。不过，我很快发现，所有担心都是多余的。公园里树多，到处是躲避的场所。尽管他们东奔西突，围追堵截，举着棍子四下挥舞，又用石块扔，又用竹竿打，乌鸦们却不为所动，有着各种应对办法。大规模的追捕行动持续两天，一无所获。

　　那两只乌鸦并未因为他们的驱逐行动而有所收敛，每次搞活动，广场上的喇叭一响，领导上去讲话，它们就在一旁大叫。

　　"哎呀!"

　　"哎呀!"

一把手狠下决心，叫人买来十几把弹弓。大家脱下外套，左右开弓，一时间公园里石子横飞。乌鸦受了不小惊吓，被打得羽毛纷飞，细碎的黑毛落了一地，风一吹，飘飘荡荡，像黑色的雪花。不过，它们很快明白过来，只要往上飞得高一点，便能轻松化解。乌鸦少有中弹者，倒是持弓的人不时误伤同伴，一不小心击中对方的脑门，呜哩哇啦喊疼。大家被弄得鼻青脸肿，狼狈落魄，成效却不甚明显。

那两只乌鸦飞上枝头，伸长脖子，引吭高歌，"哎呀，哎呀"，神情鄙夷，似乎在说："好头颅，谁当取之！"

它们一叫，更使众人脸上无光。

有人提议用气枪打。在公园用气枪打鸟，如同在自然保护区猎杀动物，有违动物保护条例。外界要是知道，这班人兴师动众，是为了不想听乌鸦叫，一定会落人话柄，在社会上产生不良影响。

如此，只好作罢。

四

时至如今，人们依然对乌鸦如此忌讳，症结不在于它叫得多难听，或者一定会带来什么灾祸，而是故旧思维在作怪。既已认定它的叫声是诅咒、死亡和不祥，在公众场合尤其不能容许。

我不是乌鸦的知音，没能力改变世人的看法，只是平日缄默话少，常独自去公园散步，与乌鸦们多有相处，因而，希望它们能安然无恙地在此生活下去。令人高兴的是，那两只乌鸦比较走运，他们见用了那么多办法也没能赶走它们，只好听之任之。乌鸦虽充当了秩序的破坏者，并一度造成一定的影响，但却很好地活了下来，这不能不说是一个奇迹。事情一旦打开一个缺口，就有了更多的可能，一切松动都是在容忍中暗暗发生变化的，包容是人类最大的美德。

<h1 style="text-align:center">五</h1>

太阳西沉，黄昏再次降临。

下班穿过公园，桂花树上的乌鸦又准时叫了起来。这回，它们没有发出"哎呀，哎呀"的声音，而是"嘎，嘎，嘎"，颇有节奏，像在唱歌。

住在红尘深处

入住红尘

那两年我一直住在红尘深处。我说的不是你理解的红尘，而是红尘路33号—— 一条被我命名，虚实难辨的城中巷道。

搬进红尘路是四月末的一天。天气晴朗，春天还很有春天的样子，阳光还不让人心生敬畏，这个城市春天实在太短了，短得令人猝不及防，我不得不奋力抓住它的尾巴。老艾略特说，四月是无望的季节，对此，我不敢苟同。至少，在这里，四月是美好的，我对它的好感皆停留在春天。街头的悬铃木，叶子阔大，最初的白已变成真正的绿，小巷深处遍植樟树，绿荫遮天，两旁的野蔷薇青翠欲滴，姹紫嫣红开遍，恍如走在山道中，让人内心熨帖。而其他季节，夏天太热，秋、冬太冷，它更像别人的城市，使人感到遥远。

工作三年，这已经是第四次搬家，我是一个典型的住在别处的人。

巷子太窄，又被各种商贩摊子挤压，路面只剩下一条缝，不得不提前下了的士。穿街过巷，一趟趟来回搬东西，像一个在壕沟里运输弹药的游击队员。

城中村，房子多是当地人自己修的，年代久远，某些角落还留有菜地。房子临街的一面缀满爬山虎，像长了络腮胡的老头，年岁虽然大了，却虎虎生威，此时，它们正攒劲往上爬。就是因为这一墙爬山虎我才看中它的。三层楼的民房，墙体颜色上下深浅对比明显，大约先前只有两层，之后又加盖了一层。城中村都是这个搞法，很多房子不断增高，为了赚取出租费，哪怕成为危房，也在所不惜。

院门开着，一台废弃的压水机进入视线。孤零零的断柄满是铁锈，被风刮得当当作响，像一只苍老的求助的手。看到那台压水机，我觉得自己没走错地方，抬头，见门牌上面写着"红尘路33号"，就是这里了。

"你终于来了，以为你不住了，交了押金这么久，差点租给别人。"

房东姓聂，五十开外，五短身材，罗圈腿，这让他走路时看起来总是憋着一股劲，他说是当兵时留下的后遗症，这一点跟父亲很像。房东爱抽烟，嗓门很大，跟谁说话都显得很活套熟络的样子，这一点跟父亲也很像。

一楼、二楼是主人自己的家眷房，租客在三楼。房东有两个儿子，一个女儿，儿子都成家了，至于添有几个孙子，就搞不清了，总之，很大一家子。

先整理书，再安置零碎的生活用品。小小的屋子，书摆出来，占据了大半。很难说我是为自己找房子，还是在给书找一个住处。这些年一直与书相依为命，饥寒落魄中互相取暖，它们跟着我四处流浪，居无定所，不是待在暗无天日的角落，就是蹲在潮湿的地下室，很多书页上布满了虫洞和霉斑，像我一样一副穷酸相，真是受尽了委屈。此刻，它们一定是高兴的，打开房门，让阳光斜照进来，长久以来，它们从未如此光彩照人，我觉得，那光似是从书中射出来的，箭芒一样的色调，那么熟悉——无数夜晚，内心暗淡、怀揣乌云的时刻，是它们洞穿黑暗，微弱而锋利的光为我照亮前路，像灵魂的拐杖，支撑我跟跟跄跄走到现在。最孤独的时候，我甚至相信，哪怕身边谁也没有，光靠书也能度此一生。

走廊的木头布满霉斑，外沿甚至长出了一丛丛小木耳，夕阳下，木耳们黝黑发亮。打理好一切，已近黄昏，夕阳将坠，阳光有如薄刃，在脸上轻轻刮着。春天就是好，再过半个月，那刀刃便能划破肌肤，刀刀见血了。

红尘路33号

红尘路33号并不是一个院子的门牌号，这个小区所有院子都用33号做门牌。严格地说，这里也不能称之为一个小区——只是在某个区域画了个圈，由几堵似断非断的矮墙围着。红尘路的门牌非常紊乱，很多序号残缺不全，过了十字路口，只有16号、21号、30号和33号，如同一本书中缺了众多页码。好在，它并不是一本书，造不成阅读障碍，这座城市没有谁是不可缺少的。

住在这里的多是底层人，来自各地，只为谋生。他们口音混杂，像我一样，为省钱，租住到城中村，每日早出晚归，跟在乡下当农民没什么区别，只是换了一块田耕作而已。每天早晨，推开门，引车卖浆者的高音喇叭，推过去，走过来；到傍晚，又携带一身疲惫和烟尘回来。站在走廊上，一边春水河柳，生机盎然，另一边墙色暗淡，枯如死灰，这就是红尘路33号。

发现自己住在一片隐喻之中是在半个月之后，那些紊乱与缺失的背后似乎别有深意。红尘路的小岔分径，有着极具暗示性的名字：先是弱冠台，再是茫然路，接着是跑马场，最后一个巷子叫光荣路——通向殡仪馆。因为殡仪馆和火葬场的存在，又生出另一条小道——新乐巷，那是往生极乐的地方。整条红尘路，长五公里，纵贯大半个城区，像贯穿某人的一生。在这里出生，长大，成年了，有点茫然，之后开始驰骋，最终光荣牺牲，被送至殡仪馆火化。至于能否获得新生，就得看自己的造化。不知道城市的最初修建者到底是怎样一个人。

殡仪馆离得这么近，难怪房租矮一大截。开始发现的时候，很有些担心，这里会不会每天都有哀乐？晚上能睡好吗？侧耳去听，似乎真有哀乐隐隐传来，不过，转念一想很快便释然。

我曾在老家放过七年羊。整整七年，每日在山中独来独往，站在高处将云朵踩在脚下，方圆二十里，哪个村子死了人，哀乐尽入耳中。一个人在山上是真孤独啊，那些年，除了风声和鸟鸣，唯一听得见的人间消息就是死人时从高音喇叭里飘过来的哀乐，听得多了，忍不住跟着哼上一段，那节奏竟成了一种美好的期待，要是哪天不死人，音乐不响起来，我就觉得特别难受，心里空落落的，感觉自己快要死去一样。哀乐也是乐，某种时候也能给人慰藉与倚靠。

因为在市中心，这里不准放鞭炮，噪音也控制得很严，灵堂里的喇叭开到最小，不细心根本听不出来。其实，即便有一点噪音，于我而言也无碍，经济问题才是首先要考虑的。

住在附近的老人告诉我，"茫然路"应当写作"尨然路"，"尨"，意为多毛的小狗，与"茫"同音，后人弄混了。这一带原是古刑场（这大约是殡仪馆位于此地的缘由），每次砍头都会引来野狗围观舔血。"尨"字，在生活里很少见，人们索性写成"茫"。如今，住在"茫然路"的大多是老人，他们要么下棋，要么搬一张板凳靠着墙晒太阳，每日如此，浑浑噩噩，坐等死亡的到来，他们的确活得很茫然。

红尘路对面是河街。一溜的青石板路，它的一端叫大河街，另一端叫小河街，以前有一个共同的名字，都只叫"花街"，是妓院所在地。过去，那里满是吊脚楼，到了晚上，每间小屋都会挂上灯笼，等着上岸的人来摘。吊脚楼三十年前拆得一间不剩，如今换成了小宾馆。河街旧时全国闻名，有着巨大的声誉，当年沈从文沿沅水而下，就是从这里上岸的。他在吊脚楼待了大半年，每天混在无业游民中四处晃荡，闲来替表哥写写情书。那些情书写得很美，也很奏效，替表哥捕获了芳心，而这竟成了他文学生涯的开端。

我喜欢站在阁楼上看人们来来往往忙碌的样子，他们叫卖、瞌睡以及相互争执。可我从没看清红尘路的样子，我来的时间太短，还没真正深入红尘深处，没与它融为一体。邻居们一个个神秘莫测，卖保险的、卖珠宝的，干啥都有，起早贪黑，我迟迟没对上号，就连住在一起的左邻右舍，也只有粗略印象。

与其说对他们有印象，莫如说是对他们制造的声音有印象。右边住的是一个女孩，年纪跟我相仿，我住进去一个月，只见过她三次，都是在晚上，匆匆打个照面。她每次上楼后，都要收拾忙活好一阵，然后再打一通电话，她的高跟鞋，咯噔咯噔，那个响啊。我睡得晚，好几回，刚闭眼就被她踩在木板上的声音吵醒了。如果说这个女孩制造出的声音是飞镖或者暗器，出其不意，那么，左边那对夫妇为我准备的则是核武器——不，应该是喀秋莎火箭炮才对，核武器不会那样接二连三地发射。

他们应该是两口子，四十岁左右，邵阳人，在此地做小买卖，一口宝庆方言，口音跟我老家永州差不多。两地原是隔壁，现在我们又成了邻居，可他们并未对我这半个老乡表示任何友善。

他们感情很好，且精力旺盛，颇懂得一些技巧，善于持久有力地表达爱，每天即便忙得很晚，收工回来后，还不忘关怀一下对方。好吧，说直白点，他们做爱的声音太大了。要知道，我们相邻，两房之间只隔一层很薄的木板，一击重拳就能打出窟窿的那种，他们的声音像电磁波在寂静无声的深夜穿墙而来，渗入我的骨头，在骨髓里放肆冲撞，我感觉身体都快被那声音拆散了，定定地躺在那，动弹不得。

邵阳佬的感情似乎并不像晚上在床上表现出来的那么和谐。他们经常吵架，有时还会动手。女的相貌姣好，却身手不凡，会点梅山功夫，男的控制不住局面，被逼得无路可退。女的一边挥舞拳头，一边破口大骂："小婊子！"看来一定是与另一个女人有关了。她的指甲果然很长，适合练九阴白骨爪（后来我喊她"梅超风"）。那一回男人进退维谷，最后，被逼得向我求助，要我为他作证——他从未带其他女人来过。而我，竟真去为他作证了。在此之前，从未看清他的面目，不知道他鼻子多大，眼睛多小，听到的仅仅是声音，对声音的辨认我一贯是很弱的，当我明白自己所帮的人就是前天骂我的那个男人时，后悔不已，可那时我俩已经是好朋友了，两瓶啤酒下了肚，什么仇恨都不再提起。就这样，我们莫名其妙完成了从敌人到朋友的转变。至于要作证的问题，鬼知道他有没有带别的女人来过，今天才算真正认识他呢。

有一段，隔壁突然安静了。后来方知，邵阳佬生意没做好，亏了。

艺多不压身，这话用在邵阳佬身上再合适不过，他自称干过十八个行当，我觉得这稍显夸张，但打个对半，说干过九个，我是信的。他们很快在不远的街道口开了一家理发店。

可店子开张没两个月，就歇了业，整日关着，隔壁住房人去楼空。问房东，房东说他交了三个月房租，并没退房。直到过了年，邵阳佬才重新出现，理发店也重新开了张，还贴出一副对联，"问天下头颅几许，看帅哥手段如何"。侧身往里乜了一眼，里头有一个女人在忙活，并不是"梅超风"，共同之处是都很漂亮。

"咦，换老板了？"

"老板没换，换老板娘了不行？"那女人骄傲地说。

看起来她比以前那个女人还要厉害，不知道会什么绝世武功，是如何赶走前任的，那个前任可是会九阴白骨爪的啊！

说着，邵阳佬从里间出来了，算印证她的话。此前那女的可能根本不是他老婆，当然，可能这个也不是。我纳闷的是，此君样貌平平，至于钱，看来也不会太多，潦草过日子而已，不然，怎么会租在这种地方。他是如何搞到这么多漂亮女人的？单身如我，很想弄清白。

房东大爷淡然地说："这有么子关系？"笑我的少见多怪。

我的房东大爷

印象中，自从搬进院子，凡是房东大爷出现的时候，女儿一定跟在他身后，高大壮硕的女儿，像个保镖。然而，细看，又不像，很不像。保镖应该凶神恶煞，而她，总是笑嘻嘻。眼睛空洞，无神，直愣愣的，对了，那是智障者才有的表情。

我的房东大爷，每天准时起来喝早茶，比上班族都早，中午给家里人做饭，剩下的整个下午，就是带女儿出门晃荡，跟遛狗一样。傻女儿有依赖症，寸步不离他，据我观察，她的智力大约停留在三四岁儿童的阶段，痴痴呆呆，咿咿呀呀，对谁都笑，都点头招呼。房东对租客非常热情，尤其是像我这样的年轻人，老家哪里的，在什么单位上班，单身与否。他的热情，超过了平常的主顾。终于看出，他不是对客人热情，而是对女儿的未来热情，他太想将这个傻女儿抛售出去了——谁娶走他女儿，就能得到院里的一套房子，这是我从一个老租客那儿听来的。我觉得他应该搞清楚目标范畴，对准年龄大一点的人，而不是我这样的小伙子——他女儿起码三十几了，脑子还有问题，难道还想找一个我这样的年轻人？他未免太高估那套房子的诱惑力。有时，路过一楼客厅，他会主动让我进去坐，顺口问一下工作和家庭情况，以前不明就里，每次都欣然接受，我把这当成一个房东对客人的关心，与租客搞好关系的手段，但那之后，再也不敢去了。真怕他在递给我一个苹果的时候，顺便也将那个壮硕高大的女儿塞过来，我这小身板可受不了……

每个单身男租客入住时都能得到别样的关心，厨具、桌椅和晾衣架，皆可提供便利，要是两口子，或者年纪大一点的，则连垃圾桶都讨不到。当时穷得没法子，父亲做了手术，四处借债，真想咬咬牙，狠心把他的傻女儿娶了算了，这话有一回跟别人开玩笑说过。不知怎么，吹到房东大爷耳朵里去了，他开始对我大献殷勤，逢年过节，嘘寒问暖，那架势可把我吓坏了。

房东大爷遛女儿的样子非常认真，他走在街上，天庭饱满，昂首挺胸，罗圈腿也正了，左顾右盼，眉目之间似有言语。

"都来看看啦，娶个女儿，送套房子啦……"

遗憾的是，这条街上的所有邻居以及租客，没有谁不钦羡他的房产，同时，也没有一个人愿意接纳他的傻瓜女儿。尽管如此，他每次出门都兴高采烈，仿佛身后带了一个宝贝。只一回，那是中秋节，我从一楼大厅经过，他们一家坐在那儿，桌子很大，是能转动的大圆桌。一家子人，体积硕大的女儿一个人占了两个人的空间，房东大爷忍不住叹了口气，如果这个女儿有人要，嫁出去的话，桌子大小就刚好合适了……他女儿不懂他在说什么，拿着个大柚子，傻乎乎地坐在那里笑，奋力剥着。

我上了楼。月亮挂得高高的，硕大，圆满。平原上的月亮看起来比老家山里的大很多，那里群山阻隔，都是大山，把月亮比下去了。而这儿，恰恰相反，楼房再高，跟山比起来也是瘦弱的，就把月亮衬大了。是真大啊，圆通通，大脸盆似的，我从没见过这么大的月亮，山里的月亮跟月饼差不多大，小时候我一直以为，月饼就是按照月亮大小做的，不然为啥都一般大呢……

独自站在走廊上，我觉得自己就像一个孤独的月亮，被世界遗弃了，眼睛有点湿润，每逢佳节倍思亲……儿时，每年中秋都跟母亲到舅舅家过节，舅舅家的院子比房东家的还大，装扮得井井有条，石榴、柚子、桂花，都在季节上，花香果甜。舅舅是一个爱花人，他的院子什么时候都内容充实，竹篱笆下月影婆娑，积了很厚一层蛐蛐声，那些蛐蛐很笨，手电筒照过去，一动不动，只拼命地叫，每次捉蛐蛐，舅舅都会在一边帮我的忙……房东上来，送了我一个月饼。年轻人，一个人在外面不容易，就是个意思，他笑着说。我接过月饼，等到房东转身下楼，甩开膀子，奋力扔向远处，月色里

"咕咚"一声，不知砸在什么东西上。

秋天，湖区萧条，这里的鸟比人还多。它们随处停歇，街边的绿化带，树上，房子的天台上，黑压压的，起起落落，甚至混迹于熙来攘往的人流中，毫无惧意。站在窗前就能看见大雁，它们在空中飞成大写的"人"字和"一"字，千百年来秉持这个方向不变。这情形多年前只在乡下见过。大雁飞得很高，也很笨，不过样子好看，通常飞得高而远的都是笨重而执拗的家伙。

还是喜欢早上起来看见炊烟把大地摇醒的样子，城里没有炊烟，只有雾霾。秋天的大雾让所有人都活在一团糨糊里，鸟群也失去方向。有一次大雾弥漫了好几天，等到天晴，很多汽车的前窗都有撞死的鸟，道路中也有被轮胎压扁的鸟类的尸骸，羽毛粘在路面上，在风中颤动，这迷路者的结局。在常德，绝大多数人都像雾中的鸟，稀里糊涂活着，由于缺乏时间，也缺少思考，人们不得不爱，却不知为何在爱，他们很少主动选择什么，完全顺着生活的潮水涌动。

我终于提到了爱。

当我提到爱的时候，就会想起那场大雾，就好像是大雾替我送来了一个女人，不然，我们怎么就相爱了呢？

女友与书

我的这个女朋友，她笑得特别好看，同时，哭得也特别好看。笑得好看，容易让人迷失，哭得好看，又让人无力抵抗。总之，对于她，我就像陷在大雾中的鸟，或者泥沼之中的马，毫无挣扎自救的可能，我沉沦了……她一哭一笑，没来得及使第三招——闹，就将我轻易捕获，我至今都稀里糊涂的。

不过，糊涂的是我，她却清醒着，牵手以后，她提出要到我的住处看看，此可视为第一轮考察。据说，在女人眼里，男人的房间和他的内心世界是一致的，这不能不让人心生警惕。我得把房间收拾一下，随时等候她的到来。所谓收拾，不过是一些书而已，这些年一直是跟书过日子，除了书便一无所有，它们是我精神上的情人，当一个活生生的人出现在眼前时，我完全措手不及了。

地方太小，书满为患，最爱的部分安置在床头小书架上（我有睡前看书的习惯），其他，则乱作一团。后来，没法子了，床也被占据一半，夏天热，打赤膊睡，出了汗，一翻身，纸上染满上了我的汗渍。因为是旧城区，晚上老鼠横行，成群出动，它们把角落里的书啃得面目全非。一只，或者两只大老鼠，带一群幼仔，只咬碎，并不真吃下去。书不是肉类，也不是粮食，没有动物需要的能量——它只为我这样的人提供能量。那是大老鼠在教子女磨牙，只有将牙磨利了，才能开启它们的偷窃事业，这就好比小猫练爪子，朝什么东西胡乱扒拉。书的碎末儿淤积成堆，白花花的，像雪，隔三岔五能从床底扫出一堆来。自从住进红尘路，晚上熄了灯，黑暗里"刺啦刺啦"的声音从未停过，它们每"刺啦"一声，我的肉就跳动一下，这么多年的心血啊。我没办法逮住它们，一开灯便跑得无影无踪，实在来不及跑的，就远远地缩在旮旯里，让人鞭长莫及。

实在不能忍受它们就这样被老鼠糟蹋，借机整理一下，该处理的当废纸卖掉，剩下的，收拾好，找个什么东西装起来。我想起了巷子里经常出现的那个男人。他蹬一辆小三轮，后面搁两个大竹筐，早上空车是那个速度，下午载满回来了，还是那个速度，永远慢悠悠地蹬，像踩在淤泥里。"破铜烂铁旧书旧报纸收咯，破铜烂铁旧书旧报纸收咯……"每天这么喊，像咀嚼一截甘蔗皮，有滋有味。不知道今天会不会来，盛夏季节，外面太阳太大。收拾完，搬了椅子，坐在走廊上，一边看书，一边等。大约五点钟的样子，熟悉的吆喝声出现了，我放下书，飞奔下去。

　　眼前这人，方脸，粗眉，络腮胡子，右边眉毛有几根棕黑色的长须，像唱大戏的，最初以为是假须，用什么东西粘上去的，走近一瞧，却货真价实。他应该去当特型演员，而不是满街收破烂。他满头大汗乐呵呵地爬上三楼，进门吃了一惊。他没想到，这么小的屋子竟堆满了书，带着一脸"你到底是干什么的"的疑问。

　　我问收破烂的，手上有没有结实的箱子，想淘过来，将剩下的书打包，免得天天喂老鼠。他说有，改天去拿。我继续问他的号码，又问他名字。姓范，他说。我问，范伟的范？不，是范丹老祖的范。他竟然知道范丹老祖，一个收破烂的竟然这么有文化！他告诉我，这是女儿跟他说的，女儿在成都念大学。女儿还告诉他，当年孔子被困陈蔡，曾向范丹老祖借过粮，范丹老祖是他们这一行的祖师爷，后来的读书人凡是见到乞丐和收破烂的都礼让三分。

　　"你们祖师爷欠我们祖师爷的。"说到这句，他忍不住笑了一下。

　　"范丹老祖"一边往蛇皮袋里塞东西，一边巡视我的屋子，怯生生地问："你是作家吧？我女儿也念中文，昨天还给她买了几本书呢。"

　　他见我将那么多品相还很好的书当废品卖了，很惋惜。

　　"都不要了吗？这么好的书……"

　　"不要了。"我说。

　　看得出，他是个善良的人，干这一行，自然知道卖多少本旧书才能换回一本新书。我不知道怎么回答他的问题，只说了句："哪里哪里，爱读而已，你瞧，这不穷得一清二白嘛！""范丹老祖"惊诧莫名，有点同意，又有点怀疑。在他看来，作家应该是坐在家里赚大钱的，是世上最容易赚钱的职业，绝不会像我这样——穷得都卖书了。

　　书捆好以后，他不忙着算钱，继续在书架前端详。"看下有什么好书介绍给我女儿看看"，末了，很遗憾，"怎么都是外国书？"他对这些外国名字无从把握。

临走时他还在念叨："没想到今天居然碰到一个作家！"

我站在那儿一愣。看来，他闹了一个不小的误会，而我不知道怎么替他消除。

收拾完屋子，女朋友来了，从此每个周末都过来看我。

她爱上的肯定不是处在破旧喧嚣中的小屋，更不是街对面不远处那令人厌恶的殡仪馆，虽然她说了那么多理由，比方说附近的公园，墙上葱茏的爬山虎，但我知道都不是，她爱的只是我。她是那么的胆小，从来不敢走夜路，也从来不敢单独看恐怖片，却毅然穿过巷子，一个人从殡仪馆门口穿过，来看我。

在这个城市，她是孤独的，我也是，而孤独正是爱情生长的土壤。第一次意识到自己对别人如此重要，这既让我感到了幸福，也让我感到了一种不安。

时间守护者

日子飙风而过，住进红尘路将满两年，邻居们像街头过客，换了一拨又一拨，住在阁楼上的人一个都不认识了，唯一的朋友——那个邵阳佬，也搬到条件更好的地方去了。只有那墙爬山虎每年重复着同样的动作，爬上去，又落下来，深秋，火红的叶子陆续掉光，但果实还在，密密麻麻地挂着，黑亮，成串。

跟爬山虎一样一成不变的是那群老人。

他们总聚在巷子口，吊嗓子吼京剧，慢悠悠耍太极，或者干脆闭目养神晒太阳，一溜地挨着墙根坐着……更多的时候拥一个牌局，那个桌子永远在那里，天热的时候摆在树荫下，天冷就搭一个简易的篷，总是看的人多，玩的人少。我不明白他们为何不在室内玩牌，非要摆在路口，秋冬季节，湖区风大，雨雪交加，敞篷隔三岔五被掀翻，不得不反复加固，这对老人们来说并不是一件容易事。

因为他们的存在，一走入这里便感到一股颓废之气，他们的表情和姿态古老而陈旧，眼中暮色苍茫，生命仅剩的一点火焰在瞳孔中摇曳，随时可能熄灭。那是怎么一种微茫与险峻呢？细察之下，立马感觉到巨大的敌意，一定有什么别样的东西藏在暗处，我说不清楚。

我鬼使神差般加入了他们的牌局。

周末，有朋友来访，发现我置身于老人堆中聚精会神地玩牌，惊得合不拢嘴。这就是你推掉饭局的原因？你怎么会如此无聊？还不如多花点时间开拓职场，跟领导搞好关系。那群老人也很吃惊，为何突然多了个年轻人，他想干吗？他们用打量间谍的目光打量我，带着防备之心。但我看得出，他们最终还是欢迎我的。这个群体大概很久没接纳新成员了，每次我一去，他们就主动让出一个位子。只玩两种牌，一种是本地纸牌跑胡子；另一种是扑克，四个人打升级，找对家，不打钱，也没有任何惩罚措施，输了的下去，换其他人上桌，居然津津有味。他们出牌极慢，每打一张就要谈论一桩什么事，仿佛出掉的是他们的某段人生。所谈内容无非如下：子女的生活情况、市里新近发生的重大新闻，有时也会涉及某人童年时代的一件荒唐事。我发现，这些人多是在这里出生、长大，并且老到如今这种程度的，很多人小时候就是玩伴。当他们谈及一件重要往事，常常忘了该谁出牌，要回过神，重新数一下手中的张数。

有一个老头，大儿子死了，小儿子失踪了，现在是五保户，他一直在等小儿子回来；还有一个老头，儿子在深圳开了一家公司，要接他去，可他的朋友都住在这里，所以他迟迟不肯动身；一个养猫的老女人在跟隔壁的老头谈黄昏恋，他们俩每天坐在一起晒太阳，交流养猫技巧，老女人从不抓牌，但她会站在一边指挥老头该出哪一张，她张牙舞爪的样子真的很像一只猫……

那天早晨，人们醒来发现小区外墙上涂满了巨大的"拆"字，每个字都画了一个圆圈，上面打了一把红"×"。路过此地的人看一看，摇头走了。这种事，大家早已习以为常，这片小区马上要推倒重建是人所共知的。

再看一眼我的红尘

离开的时候也是春天。巷子里飘满了樟树叶，风一吹，唰唰地往下掉，像在下一场雨。当别的植物茂密葱茏之时，唯独樟树老态尽显，这种树总选择在暮春时节更换叶子，如同我总选择在春天去往他方。迎面而来的风，使我感到人世的苍凉。一个人独自穿行，没有人来送别，也没人伸出援助之手为我搬运成捆的书，女友身体柔弱，干不了这样的活儿，我故意没告诉她。拖着上百斤东西，在春天里满头大汗，遇见人，嘴角默默露出一丝苦笑。走在林荫道上的我，像打了败仗、被迫撤退逃走的士兵。这些年我吃的败仗太多，不擅进攻，逃跑起来却经验丰富，再多负重也习以为常。

再次经过红尘路，是去殡仪馆为一位朋友送终。活着时很少见他笑，死后脸上倒堆满笑容，这让躺在那里的他看起来异常诡异。朋友的死让那个春天显得迷离而不可揣测，彼时，红尘路已拆得差不多，满眼狼藉。我住过的院子已经没了，但红尘路还在，从巷子深处的废墟中艰难地爬出来，无论何时，它都像蛇一样执拗地盘旋着，将这座城市箍得紧紧的。

回头去看那片爬山虎，它们还留在原地，并未铲除，失去院墙之后如同一摊烂泥有气无力地长着。过去虎虎生威的它们，像我一样成了丧家之犬。

那年暮春，我搬离红尘路，但并没远离红尘，相反，我被埋得更深了。

血脉里的回想

第二辑

我这条狗命

多年来我一直不停流浪，卑微而执拗，从不轻易认输，以前我不知道原因，现在知道了：这条命是狗给的，我是替它们在活。

我在老家先后养过不下十来只狗，然而狗事艰辛，它们不是被毒、被圈，就是无端暴毙或者莫名失踪，没有一条得到善终的。山里村落偏僻，村户住得很稀散，养狗能守家护院，我们家在村口，容易招贼，养条狗显得比别人更有必要。势态如此让人沮丧，难道是我们家和狗缘分太浅，养活一条狗竟这般难如登天？矛盾的是，家里又常常狗影绰绰，全村的狗成群结队而来，像在自己家一样，进进出出来去自由，一点都不生分。它们来讨食，和家里人亲近，神态温和样子亲昵，毫无防人之心。

我跟母亲说，算了吧，别养了，养又养不活，反正家里常有狗来。母亲不依，养狗看家还得靠自己家的，没听说哪条外狗能养熟，它们今天吃你的，讨你的好，明天不吃，就不管事了。母亲说的是实话，狗那玩意儿真是这样。其实我是很喜欢狗的，只是一想到家里死去的狗就感到非常难过。

小黑是被毒死的，死的时候难受得发了疯，满世界窜，最后钻进刺蓬里出不来，口吐白沫抽搐而死，平常它那样温顺，见着我有把尾巴摇断的劲头，那死状无疑让人感到悲凉。还有一条小黑，算来也是被毒死的。它吃了有毒的食物，脑袋发晕，口干舌燥，跑到老井里去喝水，结果掉到里面淹死了，平常一跃而出的井口它却无力挣扎。乡下粮食不够，又常闹老鼠，为了治鼠，大家常选择下药，遗憾的是效果并不好，老鼠没死几只，狗倒是被毒死不少。小花呢，它是替我死的。记得那天，它跟着我到山上放牛，我和其他孩子一样站在山坡上看牛顶架。我走到哪它就跟到哪，还跟我抢观看的位置，不过它那段时间很乖，我就把自己原来的位置让给了它，结果它刚站到我的位置上，牛的后腿突然一拐子弹过来，把它给弹飞了。牛顶架时通常都是后腿绷紧用力，谁也没想到会弹后腿拐子，它自然就活不成了。如果不是把位置让给了它，那天死的可能就是我。

还有一条狗也死得冤。对门满爷爷家的狗是条七八岁的老狗了，我们家养死了很多狗，他们家的老狗还在。在我们家没狗的时候，它负责起两个家的守卫任务，一下睡在我们家门口，一下睡到自己家门口。我们家那条小狗来了没多久就跟满爷爷家的老狗玩熟了。我想，老狗是有经验的，什么东西有毒，什么人不可靠，判断力很强，不然它活不到那么一把年纪，让小狗跟着老狗学学经验也好，也许能养大也说不准。满爷爷那回心血来潮，他说老鼠们学精了，下的老鼠药它们轻易不吃，全白放了，他决定把药拌进油渣子里。那油渣子香得不得了，稳重如七八年的老狗也没把持住，带着我们家的小狗一起吃了油渣子，就这样死翘翘了。

那年头贼多，贼想进村行窃，首先要对付的是狗，我们家在村口，自然首当其冲，养狗的困难可想而知。我们家的狗如此不幸，我提着刚进门的那条狗的前腿问，小子，你能活多久，想要个怎样的死法？它听不懂我的话，撒撒腿，下来跑了。我真是恶毒，人家才来就算计后事了，然而我不能不去想。我劝母亲别养了，她却死命坚持，我知道她也是一个不轻易认命的人。

每年除夕晚上给祖先上香时，母亲都要跟祖先们说好长一段话，无非是保佑全家平安、来年五谷丰登之类的老话，她虔诚的样子就好像老祖宗都站在我们面前一样。每次听她念念有词，我就屏住呼吸，生怕冒犯了神灵。然而有一次，她竟说："老祖宗们，黑子身体不好长年生病，你们要保佑我的儿像狗一样健康！"听到这，我忍不住笑了。我们家的狗一条条都不得好死，还像狗一样健康呢！母亲听了，瞪我一眼。"你那张臭嘴，赶快'呸咻呸咻'！"在我们那儿，逢年过节说错了话，要"呸咻呸咻"两声，还要打自己一个嘴巴才算收回了错话。看见母亲生气，我只好按她的意思做，学着样子轻轻抽了自己一嘴巴。

事后母亲告诉我，狗和牛的身体是最好的，风吹雨打一辈子难生一回病，真要有病就是要命的病，人要是像狗一样才好呢。原来是这样！难怪她给我起的小名叫黑子——狗的名字，她是想让我永远避开病痛。我明白她的意思，我是个早产儿，而且时辰和父母相冲，说是戾气很重，要认干爹才能长成人。母亲先是逼我认人当干爹，我不答应，又逼我认一棵树，我还是不答应。我有了一个爹了，干吗还要认别人当爹？那时候太小，其实认一个干爹不但没坏处，还有很多好处，多一个爹疼，多好的事情呀。可当时我丝毫没顾及母亲的担忧，一次次伤害她。好在我终于长大了，过了十八岁，母亲总算放了心。

"我说别信那些东西，要讲科学，认什么干爹，我还不是长大了？"多年以后，在老家的火塘边我和母亲突然谈起了这件事。母亲笑笑不搭话，只顾谈村里的种种人事。那时我离开老家已经七八年，家里也多年不养狗了。以前我不让她养，她争着要养；现在我不在家了，没人再反对她，她却不想养了。

"为啥不养条狗呢，我不在家时陪陪你也好。"

"你都长大了，还养狗干啥？"

那天她向我倒出了捂在心头多年的秘密。原来过去那么多年她坚持养狗是在为我转移戾气。她私下里给我算过命，说如果不认干爹，就一定要叫狗的名字，而且家里要常年养狗，遇见什么灾难狗会替我抵挡。母亲知道我一向反对迷信，只偷偷地坚持，一坚持就是十几年！我的母亲，我该怎么面对你的说法呢，信还是不信？此刻，这已不再重要，过不了多久我也要为人父母，我能理解你所做的一切。

照她那么说，那些狗可都是为我死的呀！人活一世真不容易，牺牲这么多条狗命才能换取一条人命。我为那些死去的狗祈祷，希望它们来世能投个好人家，少受点苦，活得人模狗样，活它个够！

这些年，活得灰头土脸，没干成啥大事，过得没质没量的，还常常为了微末之利无视是非，甚至牺牲尊严，死了那么多狗才救下我，要是它们知道救下的是这样一个人，它们在地下会觉得值吗？它们一定会骂我：你活得还不如一条狗呢，早知如此，当初就不救你了！它们一定很后悔，替我这样的人死了，太不值当了。这真是一件令人羞愧的事。狗活了一辈子好歹救了我，对它们来说算是干了件天大的事。我呢，究竟活出了啥意义？我说不上来。好死不如赖活，兴许还有活出名堂的机会。或者就算死，也要像狗那样找个值得一死的人或者事。

有段时间，我常感到有狗在耳旁叫唤，我知道它们的意思，它们是在提醒我：这条命不是你个人的，而是我们给的，你要活得像样。我身上背着十几条狗命呢，我可不能让它们笑话。我得努力活出个一二三来，不为啥伟大目标，就算是为那些替我死去的狗活吧。

通鸟语的人

乌鸦在村口叫了三遍，明生爷爷的那口气还没断，守在床前的子女把一切后事准备好之后，突然面面相觑不知如何是好了。老大说，还是去问问黑子，弄清咱爹到底啥时候走，免得我们在这瞎猜。在蒿村，我被认为是一个通鸟语的人，这首先表现在预测吉凶祸福上。我说，还没到时候呢，再叫两遍才走得成。乌鸦叫到第五遍时，明生爷爷准时走了。

你问我为什么懂得鸟语，我也不知道。乌鸦和猫头鹰叫意味着大凶，吃屎鸟叫意味着有祸，这是所有人都知道的事，只是凶究竟什么时候来，这祸有多大，谁也不敢保证。至于水涧鸟"雨哗哗，雨哗哗"叫的时候，雨到底下还是不下，就更没人敢说了，那种鸟常常是瞎叫唤。只有我能确切知道是祸还是福，是雨还是旱，这一切都是从鸟语中得知。起初我也只是猜，经过几次，均出人意料地毫无差错，大家就都把我当成了通鸟语的人。

鸟站得比人高，看得比人远，比我们更了解世界，知晓生死的秘密。鸟在天上，人在地上，在鸟的眼里村子不过是大地上一个小小的细枝末节。我们从哪里来，往哪里去，怎么活着，将来如何死法，所有这些都毫无遗漏地落在鸟的眼睛里，它们看得清清楚楚，就像我们看待一只虫子。大家认为人有必要通过鸟语和上天沟通，与自然对话，村里需要一个通鸟语的人，为我们预知未来。这人是世代相传的，以前是明生爷爷，现在轮到了我，至少他们是这么认为的。

真正知道一切的是鸟，不是我，我不过是凑巧听懂了其中的一两句。如果说我真有什么异于常人的地方，那就是我比别人更多地浸泡在鸟的世界里，成天与鸟为伍，它们在无意中把秘密透露给了我。

那些年，人生的重要事情远没有来到我生命里，我整天无所事事，像一只野鸟在山里四处转悠。像我们谈论和自己毫无关联的事情一样，我发现，鸟类在没事的时候也谈论我们，谈论村子里发生的一些可笑事情，言辞确凿，夹杂冷嘲热讽。比方说，到了该播种的时候我们却因为偷懒晚了两天，该杀虫的时候我们又因为一件无关紧要的小事耽搁了，结果那一年，我们只收回了一袋一袋的秕谷。更可笑的是，一个男人的老婆和别的男人睡在了一起，那个男人居然蒙在鼓里还跟人家称兄道弟，倒酒吃饭。我们自以为是世界的主宰，以为自己有多了不起，竟不过是鸟类们茶余饭后的谈资而已！当我们面对满山的鸟语花香，从未想过这些好听的鸟语中有多少是关于自己的。喜鹊和黄鹂的美好歌声并不是为我们准备的田园诗，而是送给自己的情人，我们是如此的自作多情！它们从来就不曾为我们歌唱过。如果哪一年我们意外喜获丰收，它们的歌声也是献给粮食，而不是我们——地里所有的庄稼在进仓之前都要先满足它们。人类在为它们种粮食，充当了动物们的工具。鸟类在为自己歌唱，长鸣是忧伤，短促是喜悦，它们只会把歌声献给养育它们的大山，顶多还有春天里的一片阳光，就是没有我们。只有在闲暇的时候，它们才会注意一下村里的人事，为即将到来的祸事对我们表示同情，站在村口叫一阵。

这是人的无知与可悲。

人尽管有这样那样的可笑之处，但当我听见它们如此嘲笑我们，心里终究愤懑难平，说服不了自己置若罔闻。我试着把自己当成鸟，调动语言潜力去学习各种鸟叫，从不同的音调中窥探鸟语的秘密，揣摩它们的心思，摆出一副与它们和平共处的样子。

经过几年苦练，我终于学会了各种各样的鸟叫，老鹰、鹞子、画眉、白头翁、水涧鸟、麻雀等，不下十余种。有一年春天，阳光明媚，花香四溢，山谷里百鸟齐鸣呼朋引伴，我故意跟在后面，一下这么叫，一下那么叫；一下学这种鸟叫，一下又学另外一种鸟叫。结果，我的叫声扰乱了鸟语的秩序，它们言语混乱，整个山林闹哄哄的，鸟语杂乱无章，无法表达明确的意思，它们陷入了交流的困境，变得全然不明白对方了。而我呢，躲在一旁看笑话，直到它们明白自己被愚弄了为止。那时我想，鸟到底比不上人有智慧。

鸟类的遮眼法也瞒不过我，我掏过很多鸟窝，捕获过无数的鸟。那些年，家里堆着这样那样的大大小小五颜六色的鸟蛋，摆着各种鸟笼，引来其他孩子无比羡慕的眼光，他们想得到这些，必须拿其他东西来换。我知道什么鸟喜欢在哪里筑巢，它们什么时候瞌睡容易被抓。田雀的巢像一个"7"字，它们不会把巢筑在草木深处，而是在人眼皮底下，在最容易看见也最容易被忽略的大路边；岩雀的巢筑在拳头大的倒立的石缝里，只有这样才能避免下雨被淹；体型大的鸟，一般都不会在自己巢穴附近活动，须长时间地观察和跟踪，才能有所发现；像鹞子，它们把巢筑在了高大的枫树或松树顶上，而猫头鹰则喜欢待在古树的枯洞里……

鸟虽属益类，一旦繁衍过分，就会鸟多为患，对人构成威胁。大人们说，灾害时就是麻雀把村里的粮食吃光了，害得大家饿肚子。所以，该抓的依然要抓。我抓鸟并不因为他们的说教，我只是羡慕鸟的翅膀，想着能像鸟一样飞翔。可我养过的鸟除了少数几只趁我不注意飞走了，大多都郁郁而终，命不长久。

那一回，我抓了一只田雀，连巢带蛋一块儿端了。回家的路上它一直在叫，它的同伴一路尾随，飞飞停停跟了几里山路，到家了都不肯离去。我把它关到了笼子里，另一只在门前的杜仲树上叫了整整一夜。我听得懂那种呼唤，撕心裂肺，呼天抢地，就像那次母亲中暑昏迷不醒时我的呼唤一样，吵得我一晚上都没睡好。第二天早上我打开门时，它还在杜仲树上没走，它发出的叫声已经嘶哑。我太残忍了，拆散了一个原本美满的家庭，害得一对恩爱夫妻离散，这是多大的罪过啊。我把那只鸟放了，巢和六个鸟蛋也都放回了原处，为了确保巢的结实可靠，不被风吹倒，还忙活了半天帮它重建家园。过了几天我再去查看，发现巢里的六个鸟蛋已经坏掉，那两只鸟放弃了这个家，也抛弃了它们的爱情结晶，这一切都缘于我的贪婪。

从那以后，我没有再抓过鸟。

十五年后的一天，我在遥远的城市接到母亲的电话，她说，奶奶病重，恐怕不行了。奶奶的病是陈年顽疾，已经拖了很多年，这次我们终于被医生告知要准备后事，无论怎么请，医生也不肯上门了。我回到家，奶奶已经奄奄一息，只认得人，已说不出来话。我们几个后生轮流守夜，守了几天却不见动静。寒冷的冬天，乡下没有暖气和空调，守夜人一个个被冻得够呛，奶奶没走，我们都被冻成了重感冒。

乌鸦已经在村口叫了不少天，二叔问我，奶奶还有多久？应该得撑五六天吧，我说。村里一个挂着长鼻涕的孩子却说，顶多两天。根据以往的经验，二叔只会听我的，结果，奶奶第二天夜里就走了。所有人都埋怨我，害得大家没能为丧事做好充分的准备。我的预测失败了，长鼻涕孩子对了！

一切其实早有预兆，只是当时没引起我的注意。"十一"长假我提着照相机回到乡下，想拍一些鸟巢，可我在山里找了两天竟然没发现一个巢，这在过去是不可能的，以前我半天就能找出好几个来。我能隐约听见散落在林子里的鸟叫，但确定不了它们的准确位置。我学鸟叫，想引它们出来，结果发现，我的嗓子像堵了一团棉花，吐不出像样的声音。我在回家的车上被吹感冒了，喉咙里塞着痰，学鸟叫是需要尖音的。群山之中，面对众鸟，我一时哑然，无言以对，成了一个失语的人！我竭尽全力终于叫了几声，它们也爱理不理，我只好很失望地退出林子。当时，我把一切归结于感冒，没想过更多。

我不能再像从前那样，以一只鸟的身份融入它们中，它们已经听不懂我，我也不再懂得鸟语，就像不懂得这个村庄中的生与死。

现在，通鸟语的不是我，是村里的另一个孩子。

风中有声

一

我来自湘南。具体哪座山或者哪个村并不重要，湘南的山都很乏味，每座山里的生活都差不多，有着相似的宁静与落寞；湘南的村庄也很贫穷，走到哪儿，都有赤脚的孩子。在湘南，不住够三五十年，你就不能真正理解一个地方，十里山路，五种方言，交流的困难围绕着我们的一生，早先的年代，山里人一辈子只进几次城。在这里，大概只有风是来去自由的。

住在大山里的人喜欢大声说话，人们总担心风会把话吹散，就像吹断一截截枯枝，七零八落，最终不知散落何方。那些被风吹散的话，若是被谁捡起，再传到耳边时就会变得妖娆、丰茂，进而面目全非，连它的主人都觉得陌生，它已经成了另一番样子——流言。当你遭遇流言，才明白平常大家扯开嗓子说话的用意，声音小了，话传过来时可能就只剩下风。

群山错落的湘南，风在山谷中辗转奔波，像一个迷失道路的人，你不知道它最终走向何处。很久以前有人在风中喊过你，可他的话走到一半就被吹散了，你没能听见，多年后的某一天，因为另一阵方向相反的风，那句话又被吹了回来，当你捕捉到它时，喊你名字的人已不在人世，惊恐之余，你只能将其视为神谕。风刮过山谷，穿过田野，踩着庄稼吹来的时候，它已不仅仅是风，只有在山里生活得足够久的人，才能听懂其中的秘密。鸡叫，马鸣，更有无数陈年旧事，听得懂风的人，才能懂得这个村庄的前生后世。那些来自先人的忠告，尽管他已死去多年，可他的话一直在风中飘荡，有一天，你有幸听到了，将它传递下去，那将是整个家族的福气。女人自从嫁进家门，她的心思全花在了粮食和儿女身上，一辈子只对你说过那么一句甜言蜜语，却因为一阵突如其来的风被吹走了，这无疑让人懊恼。可听不听得见，你无从选择，更无从逃避，一切取决于风。有时，站在田野上，会听到几句童年时父亲对你的呵斥，那虽是二十年前的话，可父亲说话时的每一丝表情，每一个音调，一切如在眼前，听完之后，两鬓白发的你像犯了错的孩子，在风中战栗不安。

有些风吹进村庄后，会在村里待很久，今天在你家屋檐蹲一晚，明天在他家墙根停半天。当它离开时，会将自己听到的秘密散落到村庄的各个角落，于是，很多不为人知的秘密，多年之后大白于天下——有误会和冤仇得以化解，而有些原本不存在的裂痕也会因此诞生。对此，当事人只能打掉牙和血吞，生气毫无用处，你总不能去责备一阵风。那些风中细语，除了人事，还夹杂别的内容，比方说，几天后雨会不会来，将下多大；村口的猫头鹰是在数谁的眉毛，它每叫一声，那人的眉毛就少一根，等它叫足了时间，眉毛数完之后，那人也就要死了。当你听到这些，一定要告诉那个人，告诉他用口水涂抹眉毛，使猫头鹰无法数清。风起于青萍之末，每一场都是有目的的，风的语言只说给伫立风中的人听。

二

我喜欢站在高处听那些南来北往的风，听风中传来的消息。我听懂过其中很多话，可从未对人提起。村里人都说我笨，从小就是呆瓜木头，因为我三岁不太会说话，四岁还想吃奶，第一次看到汽车就要跟它赛跑，结果，摔断了一条腿，可我却能听见风中的声音。既然他们一致认为我笨，我就笨给他们看，就算听见什么消息也不告诉他们，让他们栽跟头，出乱子，然后，躲在一边偷着乐。我越乐，他们越以为我是傻瓜，他们不理解我，就像不理解一场风。不过，风中飘来最多的是山歌。因为贫穷，山里人都爱唱山歌，以此排遣内心的苦闷，打发时间，其中，唱得最多，唱得最好的要数英琪。

> 要我唱歌就唱歌，人小面窄推不脱；
> 少读诗书文才浅，石灰写字白字多。
> ……
> 聋子打鼓瞎子听，对鼓对响心里明；
> 有心凑成一台戏，可惜无人拉胡琴。

我们村文化程度不高，有高中文凭的人寥寥可数。因此，人们竟然将山歌唱得好坏作为评判一个人知识水平高低的根据。村里要办小学，上面派下来的老师不够，就推举英琪当民办老师，按照规定，如果民办老师当得好，够了年头，就可以转正。英琪跟父亲一样，是从部队回来的，同时，也跟父亲一样，因为家庭成分不好，转业没能安排工作。父亲在部队的职位比他高，还当过通讯员，经常写文章上报，他比英琪更适合当老师，可父亲脾气大，周围村子人人知道这一点，孩子们怕他，况且他也不爱唱山歌，名头不够响亮。不过，这都不是原因，如果父亲真想当老师，谁都得靠边站。父亲是因为在部队没提成干，被迫回来的，他赌着气，骨子里看不上小学老师这样的岗位。因为这样，英琪成了民办老师的不二人选。

大约山歌唱太多，英琪讲课，调子婉转，高低错落有致，还拖着长长的尾音，加上他在黑板上写字时，喜欢随着节奏手舞足蹈，像在唱戏，有人在背后喊他"娘娘腔"。不过，我们喜欢这个老师，山里很少有人说话像他那么斯文的，他几乎不发脾气，平常也乐呵呵的。他是民办教师，除了上课，更多的时间跟其他人一样，在家耕地种田，操持农活。但他快活，一边种田，一边唱山歌，别人当农民，他也当农民，可他有工资领，当然快活。我们分属两个大队，隔了好几里路，放牛时，站在我们这边的山头，能经常听见他的歌声，畅快，得劲，兴高采烈，无比快活。唱得好咧，我觉得。他应该去唱戏，而不是当老师。别人告诉我，县里剧团曾来人考察过他，可惜因为当兵时受过伤，脸上破了相，划出一条口子，从眼角一直划到耳际，虽然不细看看不出来，可是影响台风，没能去成。

村里的小学设在大队部，只办到三年级。三个老师，每人负责一个年级，从一年级开始，带到三年级结束，可英琪只教了我两年。

学校破陋，值得回忆的地方不多，除了不远处的那条溪。夏天，每天吃了中饭，我们就去溪里翻螃蟹。溪是小溪，水浅，鱼难得一见，却适合螃蟹繁衍，遍地的鹅卵石，泥沙细软，条件得天独厚。英琪老师的家就住在溪边，将我们的打闹看在眼里，看见了也不动怒，不像别的老师，不分青红皂白，劈头盖脸一通臭骂，他只对我们说，玩归玩，下午的课可别迟到啊。那天，我和艳君一心只顾翻螃蟹，忘了沿溪走了多远，也忘了时间流逝了多少。等我俩翻完螃蟹回来，走到教室门口时，下午那节课已经上到一半。平日，大家若是迟到，顶多挨几句批。可那天不知为何，英琪大发怒火，脸上青筋直鼓，眼睛也红红的，像要杀人，吓得我们胆战心惊。他还不准我和艳君坐到位子上去，剩下的课罚站，让我们站到下课为止。

后来才知道，那天下午英琪老师的脾气并不是冲我们发的。上面来了通知，要我们到镇里去读三年级，不但如此，一年级、二年级都要到镇里去读，也就是说，村小被取消了。有正式编制的老师可以转到其他学校继续教书，再不然就到县里的工厂上班，可英琪还处在代课阶段，民办教师没有资格让国家安排退路。此前，村里很多人给他介绍对象，可他眼界高，看不上，他希望等自己吃上国家粮，转正成为真正的老师，那时再找一个跟他一样也是吃国家粮的。他的事一直这么拖着。他已经在学校代了五年课，原本再代两年，就可以转正了，可如今，村小没了，转正之事自然无疾而终，他能不恼吗？如果村小迟解散两年，他的命运就不是后来那个样子。因为高不成低不就，他一直没结婚，成了村里唯一一个单身公。

晴朗的日子，山谷里总飘荡着英琪的歌声，唱得孤独而倔强。他不知道，他的歌声会加剧自己的孤独，让人感觉整座大山好像只有一个他，原本属于万物的寂静在他开口的瞬间集中在了他一个人身上。可如果不唱，那些心事他能对谁说，除了不停来往的风，谁能听懂一个孤独男人的内心世界？如果有一天没有了他的歌，大山会变得非常清寂；而没有大山，他也会无处倾诉。

也许，他天生就是属于大山的，所以，三十年过去，他始终没离开大山，也没想过告别单身。

种田要种弯弯田，一弯弯到妹门前。

五半六月来看水，先看妹妹后看田。

他一直那么唱着，只是不像自己歌里唱的那样，有妹妹可看。随着时间的推移，他的歌声变得断断续续，嗓子里多了一种幽怨与绵长，还有说不清的苍凉，不像以前那么明快，永远不会明快了。风总将他的歌声吹断——那些来自命运深处的风，无人可以抵抗。英琪不能，我这个只有九岁的孩子更加不能。

三

要到镇里读书了。

我并不想去，可又不能不去，他们吓唬说这是九年义务教育，不去要坐牢的，大人和小孩一起坐。我说坐牢也比读书好，母亲说，你坐牢，我们要陪着坐，怎么办？可是，到镇里读书意味着每天要走十来里山路，天没亮就得起来，学校实行交粮制，每天吃不饱，跑那么远的路，挨饿去听老师讲课，哪里忍受得了？当时家里穷，学费和粮食都交不起，真是太辛苦了。我一个劲儿地逃课，并且公然宣称："我不读书，长大就种田，哥哥一个人读书就够了。"少不更事的我，以这种方式去伤害父母，尽管我后来的行为完全与之相反——砸锅卖铁也要读（那是对命运的另一种反抗）。

因为太调皮，经常闯祸，自然不被老师喜欢，课业不过关，放了学，我是接受"留学"待遇的一员，我们有一个共同的称号——差生。只不过，他们大多住在学校附近，而我家最远，往往前脚迈出学校大门，后脚夜色就跟着降临了。回家，要从一段林子穿过，那里是山口的关隘处，风大，万物作响。四下一片黢黑，林子很深，路七拐八弯，像要把自己转晕。为了壮胆，我故意跺脚，用力踏出声响，我和我的脚步声行走其间，彼此都是恐惧的，因为恐惧所以清醒。那里随时会飞出一团黑影，乌鸦或者猫头鹰什么的，把人吓出一身冷汗。树叶在风中摇晃，噼里啪啦作响，让人联想到老人口中经常说的"鬼抛沙"。最让人害怕的是必须从一堆坟墓旁边走过，那些坟里埋的都是因为这样或者那样的原因不得善终的人。我想跑过去，用一个孩子能达到的最快速度，穿过那片让我恐惧的林子。风从隘口吹来，"呜呜"地刮着，我多么渴望风中能传来这样一声呼喊："黑子，黑子。"

那是母亲在喊我的小名。

好在每次走到这里，我都能如愿以偿听到她的声音从嘈杂的风中传递过来。母亲知道我胆小，老远开始喊我的名字。峰回路转之中，她的声音不大，也不响亮，可我却听得真切。每次，都是先听到声音，然后才看见手电筒的光从林子前方拐出来。深秋，天已黑透，并且下起了小雨，走到半路身体全被淋湿了。我是那么的瘦小，而衣服因为浸水显得沉重无比，当我听见母亲的呼喊声从哗哗的雨声中穿过来，立马飞奔过去。跑到母亲跟前，她一把抱起我，我看见她的头发也被雨打湿了，一坨一坨搅和在一起，脸颊整个儿是湿的，分不清哪些是雨水，哪些是泪水。难道她哭了？那天，母亲对我说："实在不行就别读了，不读书照样吃饭，长大以后跟他们出去打工，干啥活不养人呢。"母亲这话原本是我一直期待的，可那时我却坚决地摇了摇头，也许一切都归结于母亲的呼唤声。

多年以后，当我再次路过那段林子，仿佛还听得见那个声音，它一直在路上回荡，从来没有消失，有些东西，再大的风都吹不走。

风中有声，源于一个人对它的渴望度，有时声大如雷，也置若罔闻；有时细弱纹丝，却听得真切。与我对母亲的渴望相比，母亲对我的声音更加敏感。她告诉我，小时候我经常在半夜醒来，稍微弄出点动静，她就能觉察到。一岁那年，她将我放在床头，然后急着去田间做事。突然，她听见我在哭，问旁边的人是否听见，别人说没有，她却坚持说我哭了，一听就是那种想要尿尿的哭声，然后放下锄头飞奔回家，一看，我果然尿床了。对此，我不大相信，因为离家最近的那块田都有一里多路，中间还拐了一个弯，但我又不得不信。清楚地记得那年社日，母亲带我去"赶社"。最先我坐在她的肩膀上，那样母亲就腾不出手，没法挑选集市上的农具。她将我放了下来，千叮咛万嘱咐，人可多了，一定要抓紧啊，可我们娘俩还是被潮水一样的人群冲散了。没有比失去方向更让一个孩子无助的了，我感觉进了一个被黑夜包裹的世界。好在聪明的我一边喊着"妈，妈"，一边往外边挤，然后在人潮之外站定，等候母亲来找。母亲手里拿着东西，逆着人流，好一阵工夫才冲出来。找到我时，母亲说："不怕，不怕，你一喊'妈'，我就听到了。"那些年，来自不同方向的母亲的呼唤，一直是我心灵深处最能倚仗之物。

相反，父亲的声音我不愿意听见。他的声音大，且极具隐秘性，常常是平地一声雷。总在我玩得起劲的时候，突然冒出来，让人逃之不及，喊着，骂着，要我做这做那。当他发脾气时，金刚怒目，脸色全变，他和母亲一吵架，整个屋子都在摇晃。与此同时，他还可以潇洒地把正端在手里的碗摔得粉碎。父亲那种粗大、隐秘，有着几分特别的潇洒与随机的声音是他曾经当过兵的有力佐证，对我而言那就是隐藏在附近的伏兵，随时对我完成合围。所有人都惧怕父亲，惧怕他的平地惊雷。

那声音，不但我们，就连前来筑巢的燕子也敬而远之。

我们家搬到村口好几年，也不见有燕子前来筑巢。这件事很令人费解，照理，新屋怎么说也比以前的老屋结实，老屋有三窝燕子，新屋庭前绿树成荫，而且又在村口，它们怎么会视而不见呢？燕子好像把这一家人给忘了。这件事不但令我懊恼，父亲也担心起来，照传统说法，燕子是否前来筑巢，与家宅的吉凶息息相关。起初，他以为新屋才建好，燕子们还不熟，过一两年就会来的，然而，五六年过去了，依然空空如也，如果燕子一直不来筑巢，这块家宅地就有问题，必须拆了重修。其实，燕子并不是没来看过，每年春天有好多燕子成双成对在家门口徘徊，可最后，都过家门而不入，只惆怅地望一眼，便转身而去。燕子不会随随便便把家安在哪里，它们非得绕梁三日，经过细心查看，在心中衡量比对一番，看看这个家是否结实稳固，这家人是否诚实可靠，是否值得跟它们一起风雨同舟。燕子一定觉得我们家不值得托付终身。

到底是什么让它们望而却步？是嫌我们家太简陋，又或者别的什么原因？一对燕子来了，发现这里没一点前辈的痕迹，于是，就以为不可靠，而后来的燕子也都这样认为？可村里比我家简陋的房子还有不少，他们家家户户都有燕子落脚。我不相信燕子会像人一样刻薄，每座新屋修好之后总有第一对新燕前来安家。很长时间，我注意着这个问题，最终得出结论，都怪父亲。在燕子眼里，我们家氛围不好，这家人总不能和睦相处，不是夫妻吵架，就是父子相抵，难有平静的时候，燕子可不喜欢在这种环境里过日子。父亲发脾气时的声音简直可怕，如同一颗定时炸弹，就算不发脾气，坐在那儿也不怒而威。他从不喜欢我带朋友来家里玩，燕子肯定看到了这些，一个连同类都容纳不了的人怎么可能容下燕子？对于声音，动物比人敏感万倍，它们能轻易捕捉其中隐藏的信息。

我将自己的揣测告诉父亲，他表面嗤之以鼻，骂我胡说八道，但我注意到，自那以后，父亲说话时有意无意捏着嗓子，显得非常小心，绝不在大门口亮嗓门，架也不怎么吵了，即便吵，也躲在内屋，尽量压低声音。果然，没过两个月，就有一对燕子前来探听虚实，将巢筑在门前的晒楼下。燕子落户后，全家人的心总算放下了。可是，燕子的到来并没改变父亲的脾气，他很快便旧病复发，遇到一点小事就骂骂咧咧，而我也毫不示弱，这个家少有安宁的时刻。

每回燕子见我们吵架，就伸长脖子往下看，一家老小排列整齐，像在街上看热闹。它们一定不明白，这家人怎么一天到晚有那么多问题可吵……那段时间，住在我家的燕子常常在半夜惊醒。

多年以后，我求学他乡，异地工作，每次打电话回家，总希望接电话的是母亲而不是他。但每次从电话那头传来的声音总是父亲的，依然很大，对我的工作和生活指指点点，批评这，批评那，只是那些批评里添了许多混浊和苍凉。他老了，岁月的风穿过了他的身体，将病留在了其中。终于有一天，打电话回去，接的人换成了母亲，母亲说他病了。从那以后，我再没听到那平地惊雷的声音，他的声音一天天弱下去，气若游丝，最后，电话那头只剩空空荡荡的风声。父亲离开了我们，也离开了经常被他粗粝之声所惊吓的世界。父亲不在，那些燕子一定过得安心自在了，没有人再打搅它们，我也离开了老家，只有母亲一个人和它们生活在一起。母亲向来很有耐心，脾气也好，想来，他们一定相处甚欢，日子过得舒适自在……

父亲常说，我们活着，并不是活得不够久，而是没把该干的事干完，还不配去死，我们被一些事耽搁了，就像一堵墙挡住了一阵风……父亲的话没一句是对的，照他的说法，他还有太多事没完成，怎么偏偏就死了？如果真是那样，而像我这种有点目标、干事又慢慢腾腾的人，事情一辈子也干不完，老天爷岂不要由着我死皮赖脸地活下去，那是对别人的不公。世界上没有什么活儿能真正干完，也没有一堵墙可以阻挡住风，父亲那么说，不过是为自己找一个死的借口，他已预知，那场生命的冷风自己无力抵抗。该走的要走，该来的也要来，谁又能拒绝什么呢？就像当初，没人会想到我这个调皮捣蛋、毫不成材的人有一天会读大学，进而成为一个城里人。

四

这些年，很多声音在离我远去。挑水路上，木桶摇晃的声音；午后三点，放牛出栏的声音；大雨过后，蛙声四起的声音；甚至连让乡下人最感到烦躁的知了声都听不见了。在远离村庄的城市里，众声喧哗，使我异常孤独。嘈杂不安的喧嚣中没有一个是我想听到的，我开始怀念我的羊群，曾经的某段岁月，它们的叫声最能使我感到熨帖。所有人都以贫穷为由，不支持我去读书——省下四年学费足够在老家盖一座房子。那时，每天下午，我早早地把羊群赶上山，带上心爱的书，躲在无人看见的角落任性地翻着，群山之巅，白云之下，只有来去自由的风，我大声朗读，不用担心任何人的反对，我知道，终有一天自己会像风一样去向远方。

如今，伫立平原，在离老家千里之外的洞庭，迎面吹来清寂的风，它们安详、自在，像一群游弋的鱼。我从没见过这样的风，想伸手捉住其中一条，却无能为力。平原上的风与山谷里的不同，就像这里的方言，在短短几年里，我还不足以听懂它们。

几天前，下乡调研，走在原野上，总觉得有人在喊我的名字，飘，但隐隐有力，带着几分刺的感觉，像冬天的阳光扎在额头上。我瞄了瞄四周，除了风，什么也没有。突然从城里出来，神经有些不适应，心中也疑神疑鬼，睡到半夜，经常被野外吹来的风惊醒。风从窗子挤入，带响窗帘，将我的睡梦准确击碎。我怀疑那风是从故乡吹来的，它想捎给我故乡的消息。我在黑夜中坐起身，张大鼻翼，闻了闻，又不对，风中没有村庄牲畜的那些气味，也没有泥土和炊烟的味道。故乡的风没有这个能耐，那里山太多，它们不认得路，即便来到平原，也未必能找到我，平原那么大，而我渺小如同一棵水稻，在一望无际的稻田中没有任何起眼的地方。

五

人是慢慢变老的，先是这个部位，再是其他部位。故乡也是这样，先是这些看不见了，听不见了，再是其他，它似乎越来越小了……城市里，声音尖锐而陌生，不可理喻，车马喧嚣、歌舞升平以及领导的训骂，这些我都可以习惯，再不然，就当耳边风，可它们挡住了来自故乡的声音，这是我不能容忍的。我经常站在城市边缘，一个人静静地闭上眼睛，竖起耳朵，最大程度打开内心的窗户，希望捕捉到一点关于故乡的消息，可平原上只有风走来走去，它使我感到厌倦。

独自走进野地，选一个小坡站定，放开嗓子全力喊一声："喂……"喊完之后，胸口荡出撕裂的痛，声音在顷刻间消失得无影无踪，平原上没有回声。我听不到故乡，故乡也不可能听得到我，这个举动不过是徒劳。

风将我带到这里，然后又吹散一切，它设了一个骗局。

水上的脚印

阳光灼热，植物在曝晒之下散发出浓烈的木香，火旺的太阳使云朵变得鲜嫩。羊群摘食咀嚼树叶时，发出窸窣的响声，另一个羊群却在内心拳脚相向，进行激烈碰撞。抬头的一刻，汗水流经脖子，淌过胸膛，注入了脚下的大地。而光阴缓慢，林风无声，牧羊的少年站在山头，眺望远方，他的心被一个轻盈得近乎虚无的念头攫住，不自觉地陷在了时间的泥淖中。

那是二十年前无数下午中的一个。

当时的我，被自由和禁锢交相笼罩，整日在山上放羊。大山空寂，每天下午独自守着羊群，与草木飞鸟为伴，看白云流转，无法忍受孤独侵蚀之时，便翻山越岭去邻村，去看那条绕村而过的小河。

那是一条河道里布满大小不一、形状各异的卵石，细小如涓，水流无声的河。事实上它只能算是溪，因为它连名字也没有。还没进青春期的我，身体里的欲望和不安被某种力量提前唤醒了，对眼前枯燥乏味的山林生活开始感到厌倦，而对隔壁村的那条涓涓小河迷恋非常。

小河因为水量有限，不走到岸边，几乎看不到它的存在。不起眼的它像我一样，受困于大山，匍匐在地，拼命寻找出路，最终，它将去往南方。而南方，据村里从外面打工回来的人说，那里很乱，但同时，也充满了希望。我偷偷去看那条河，不是因为那条河有多美，而是因为村口的石拱桥边住着我喜欢的女孩。我们是一个班的，成绩一样的优异，就连老师都说，我们俩很般配，但现在，她并不在家。每年暑假，她都在父母打工所在的城市度过。那里是长江入海口，她曾告诉我，眼前这条小河首先会注入县城里的河，然后进入湘江，最终抵达长江，汇入浩瀚无垠的大海。每次她如此陈述的时候，我都很怀疑，听起来，好像她就是沿着这条河去往南方似的。事实上，这条河流经的很长距离都在山里打转，河道狭窄曲折，不通舟楫。不过，我还是信了她的话，对河流的去向充满无尽遐想，就像对她充满遐想一样。

对那个遥远的即便站在山头都无从眺望的南方，以及长着一双硕大眼睛、笑靥如花的她，我无力抵抗。

不知道她在海边的生活是什么样子，跟在村里有什么不同，每天会干些什么？暑假那么漫长，她是不是每天都在公园玩耍，吃冰棍，或者看电影？她在做这些事的时候，会不会像我想起她一样，偶尔想起在山里放羊的我？事实上，我从未真正走进她的村子。远道而来的我，只是站在阳光丰沛的河边，空落落地朝她家的房子发半天愣，往河里扔一块石头，然后转身返回。多年以后，当我想起那段生活，感觉自己始终置身于那条崎岖的山道上，往返跋涉，从未离开过。

一次偶然的机会，我同她，还有她们村其他几个孩子一起踏过那条小河。那时，她刚刚转学回到老家。在此之前，她一直跟着父母在城里读书。与从小在烈日下曝晒的乡下孩子不同，她皮肤白皙，举止优雅。都说她长得漂亮，她也确实漂亮，眉清目秀，脸蛋别致，而且很会打扮，什么时候见了，头发都梳得整整齐齐的，脑后缀着很多细小的辫子，不像我们这里的女孩，因为每天要干农活，头发一律都乱糟糟的。不过，要说最好看的其实并不是她的脸蛋，而是脚丫子。她细嫩光滑的脚丫像两条白色小鱼，在水里钻来钻去。腿脖子从水中露出来时，光色亮成一片，十分扎眼。她赤着脚，小心翼翼地踩在沙土上，生怕被螃蟹夹了。她并不专心翻螃蟹，也不爱抓鱼，而是喜欢坐在大石头上，将双脚放平，脚底板刚刚触及水面，让水流贴着脚心徐徐流过。她说，要把脚印留在水中。"这样，水流到哪里我就可以去到哪里。"说这话的时候她表情严肃，自信满满，可是除了我，没人相信她的话。

我喜欢看她将脚丫贴在水上的样子，看得久了，觉得她说的一切都是真的，跟她一起做了起来。两个人摇摆双腿，像两只点水的蜻蜓，沉浸在反复的动作中，眼睛不时望对方一下。那是我们友谊的开始。

如果我们在一个村就好了，我就可以经常跟她一起去翻螃蟹，欣赏她玲珑清秀的脚丫，聆听她天马行空的想法。她的理想是流水行云，走遍世界，而我，对这个话题羞于启口。那时候，我只想让羊群的数量增多一点，成为方圆几十里拥有羊群数量最大的牧羊人。尽管对自己的处境非常不满，可我从未想过远方和世界的事，因为我不知道外面是怎样一番样子。那时候，我成绩糟糕，看起来不可能通过读书改变命运，我也没想过出去打工——因为我不愿远离父母，过背井离乡的生活。与她的远大理想相比，我的那点想法是那么卑微，完全不值一提。

如果赶不上她的脚步，我将失去跟她做朋友的机会，甚至连去她们村看她的勇气都没有。于是，我开始发奋，在山上放羊时也随身携带课本，暗地偷偷用功，全是为了她。这一切她并不知晓，她只是在我成绩飞速进步之后，像其他人一样，惊叹了一声而已。

我真的很想去外面看看，只有去过远地方和大城市的人，才会想到将脚印留在水中，也才有能力将脚印留在水中。她是被父母带到大城市去的，我的父母没那个能力，一切要靠自己。这让我不得不加倍努力，丝毫不敢懈怠。

现在想来，我对水的迷恋可能就肇始于那个女孩，她让我觉得世界上最理想最妥当的生活，一定是安放在水边的。码头，行船，晓来晨雾，当然，也有晚来涛声和幸福自由的生活。这导致我很喜欢去县城，尽管那条河比她们村的河大不了多少，同样狭窄，连一条像样的木船都找不到，只不过平缓了一些，稍微有了点碧波荡漾的气象。

1998年夏天，我第一次见识了一条大河。遗憾的是，那并不是一条真正意义上的河，它由暴发的洪流制造，来历不明的它，在淹没整个县城之后，又迅速撤离。我恐惧灾难之后的空无。大水之后，她也走了，没留下一丝足迹和线索。没有足迹，我就无法追随。如果有船，我一定会驾着它，沿洪水退去的方向追赶而去。遗憾的是，我当时只能望洋兴叹。

她离开的方式，让我觉得她曾经的洗足举动并非幻想或者寓言，而是某个事件即将发生的真实铺垫。那股浑浊的水像邻村里的清澈小河一样，使她涉足其中，波谷浪尖里浮荡着她的脚印。只可惜，那些脚印跟水光、鱼影搅和在一起，浑浊不清，叫人无从分辨。

那年夏天，洪水退后，整个县城一片狼藉。大街上、巷道里到处是鱼，人们纷纷涌到街头，提着袋子弯腰捡鱼。鱼，以及从四面八方漂来的淤塞在角落里的衣物和鞋袜，让他们满载而归。没听说谁捡到过一个女孩的脚印。我怀疑，那场洪水光顾县城的目的就是为了把她从我身边带走。城里的百姓有幸成了这一事件的见证者。

我最终还是追赶而去了。不是坐船，而是坐火车。

两种不同的交通工具，让我们两个走岔了道。我没能追上她的脚步，两个人失散在人间。

如今，站在沅江之畔，在城市的边缘眺望，洞庭湖烟波浩渺，西去的江水与落日为伴，每天黄昏，我像鸬鹚一样，面对船只保持静默。住在河对岸的人，下了班，要坐渡船从码头过河。男女们来来往往，将自己的身体从这头渡到那头，又从那头渡到这头，飘忽闪烁，如同一群没有重量的影子。吵闹的小伙，娇俏的姑娘，他们没有一个做出把自己的脚印留在水面的举动，至于当年邻村的那个女孩，我连她的样子都记不清了。

这么多年我一直在出走，或者说，走在出走的路上，最终来到了江边小城常德。坐落于平原腹地的城市，四周湖汊巷港，河网密布，与湘南老家的山村相比，它视野开阔，出行便利，给人以极大的自由和舒适感。是的，自由——我的终极目标，在火车驰过这块土地的时候，便完完全全感受到了，那是一种脱胎换骨、灵魂飞升的感觉。定居以后，我以为自己从此进可攻退可守了，可以把一百多斤的肉体牢牢掌握自己在手中了。

事情没那么简单。

那年，沅江上游的贵州和四川山区普降暴雨，沅江水位急速上升，城门关闭后，一城人全成了鳖，被困在水底。长达一个礼拜，水位线高过三层楼房，一湖大水悬在头顶之上，耳际时刻响着洪水过境的轰鸣，晚上连觉也睡不好，担心随时可能到来的覆巢之危。

端午已过去了半个月，天空并未下雨，只有灼灼烈日放肆燃烧，洪水全部来自上游。高温，以及连绵暴雨，令我们处在不可预知的人世之间。伸长脖子喘气，夹着双腿走路，小心翼翼，用各种形状的木桨和器物探知对方的生死。城市内涝，城里的朋友们不得不相忘于江湖，无法像平时一样聚在一起喝酒扯淡。

气温一天天升高，食物的保质期在不断缩短，本来就很匮乏的蔬菜供应更加紧缺。尽管如此，我们还得上班，上头没有发放假的通知，只是从每个单位抽调人员，作紧急预备。楼下的那个女人每天下班回来都在抱怨，衣服长霉，饭菜发馊，你为什么不喜欢吃放过冰箱的菜？为什么不愿回家？为什么不……她总有那么多为什么。小区里的邻居都知道，他们两口子关系不和谐。何必如此动怒呢，这样的季节霉变的不止食物，她早就应该明白这个道理。

困在城中，哪里也去不了，周末想到下南门码头亲自看看洪峰的情况，看看水到底涨到哪个位置了，不能光从电视上捕捉城外的洪水画面。

事隔多年，离开故乡之后，我再一次目睹了洪水的模样。

　　这场洪水比1998年淹没县城的那场规模大得多，也凶得多，可称得上惊天动地，洪峰所到之处，一切都可夷为平地。如果没有坚固的防洪墙抵挡，我和这座城市的居民，恐怕早就被冲到洞庭湖，喂了大鱼了。南面的那堵大墙，让人有恃无恐，丝毫没有了当年的紧张和心慌，甚至还怀着欣赏的心理。

　　从石阶背后爬上去。洪水的高度，使我即便坐在二三十米高的城墙上也可以直接脱了鞋洗脚，也就是说，沅江的水位比平日涨了二三十米。江面上不时漂来浮木、死猪，或者其他什么团状的物体，翻滚着浩浩荡荡地朝下游奔去。来城墙上欣赏洪水的不止我一人，有的人还背着相机，将眼前的灾难拍成了美景。的确，受灾的是上游的人，我们早就得到了气象预报，准备好了对付一切。一位上了年纪的老者告诉我，在我站的地方，前几年发洪水，有个女子从这里跳进了洪流之中，后来，一个男子不顾一切也跟着跳了下去，两人都不知去向。我问他，那个女子为什么要跳河，男子又为什么追随而去？老者说，不知道，只晓得他们两个是一对恋人，或许是吵了架，或许是约定一起殉情。这件事，至今是一个谜，两人的尸体始终没找到。

　　这个故事使我受到了相当程度的震撼。

　　世上到底还有此种人存在。我们都是想把脚印留在水中的人，将生活当成梦，又把梦活成徒劳，而最初引领你走到此间的那个人，早已不知去向。

　　城墙高处的外壁上布满了隐隐约约的形状各异的泥印，如果不是涨水爬到城墙顶上，很难留意到城市的这些细部。我问，那是什么？老者告诉我，那些痕迹是上次水退后鱼在上面留下的唇印和鳍印，每次涨水，它们都会围着这座城市肆意亲吻。以前，泥做的堤坝会因此种持续有力的亲吻，陷于垮塌的危险，现在，有了坚固的城墙，它们只会给我们留下一幅幅美丽的图画。我说，不，那是少女的脚印，是她生命行迹的全部，因为长时间在水上徘徊，无处可去，被永久封印在了上面。

　　听我这么说，老者不知所措地看着我，仿佛听到的是一个疯子的呓语，他甚至伸手抓住我的胳膊，怕我随时跳进水中。

　　一直为那天的所见而恍惚，为那个故事的真假而怀疑。

　　他们说，洪水两天后就会过去，留给我们的还会是一个安宁祥和的小城，数年如一日的柴米油盐酱醋茶就在不远处睁大眼睛等着我们——我终究无法沉迷于那水上逝景，更不能为灾难制造出的诗意而感到欣悦。被洪水带来的东西，终将随洪水而去，而记忆的河流必然会消失在看不见的沙漠深处。

数月亮的人

天空落下大幕，野地炊烟般宁静。

暝色稀薄，田垄铺满了谷物浓厚的清香。只有灌完浆的稻子才能释放如此浓度。露珠趁着夜色悄悄爬上草尖，颤巍巍的躯体如有孕在身，那是属于黄昏的另一种粮食。稻子和草物都面色疲惫，低垂着眼睑，一副行将酣睡的模样。

也许是感觉到光线的明晦变化，母亲抬头望了一眼天，然后，往手心吐了一口唾沫。她俯下身去，吭哧吭哧地劈柴。斧尖落在长有疙瘩的木头上，像落进一个坚韧的没有尽头的黑洞，笃笃地回响过后，柴并没被劈开，那块大疙瘩对女人来说并非易事。父亲远在云南搞副业——那时还没有打工一说——母亲不得不揽下家中原本属于男人的活。

母亲劈柴的地方在谷仓前。那个地方种了一排杜仲和两棵桂花树。此时，杜仲叶子落光，桂花树缀了满头碎花。几只松鼠在枝丫间跳跃，不经意的身体触碰，摇落半束金黄。一到秋天，松鼠全然不顾怯懦的性格前来觅食。它们一般都找不到食物。这家人自身难保，谨小慎微，将粮食藏得很好，松鼠见到的常常是一个勤于劳作的女主人，不远处，蝈蝈在溪边大声嘶鸣。

夜色降临湘南村庄，也降临到那个女人和她的孩子身边。

人之所以热爱回忆，是因为它们对生活的言不由衷。记忆总善意地篡改事实，不经意间背叛了曾经的切肤之痛，使艰难的场景具备了某种并不存在的诗意，又使硬邦邦的生活变得质地柔软，和蔼可亲。实际上，那样的黄昏毫无美感可言。那是一个没有男人的家，母亲带着两个儿子相依为命，艰苦过活。除了眼巴巴看着母亲被夜色笼罩，被疾速流淌的汗水围困，对于那些粗大的木头以及更多比木头还沉重的事物，我们无能为力。我和哥哥还小，细胳膊嫩腿无法帮上她的忙。恰恰相反，我们的围观和等待只会影响她干活的意志，使她的动作变得犹豫迟缓。

母亲突然加快了挥动斧子的频率，同时，用余光扫视天际。她是在看月亮出来了没。农历八月十四，昨天下了一场大雨，不知道今晚，尤其是明晚，会不会出月亮。如果不出月亮，我们的中秋节就不会好过。好在，月亮终于出来了，挣扎着从云幕的裂缝中露出脸庞。即便下雨，云块与云块之间依然给月亮留足了容身之所，它从未缺席过这个特殊的日子。

看见月亮在乌云中时隐时现，母亲就放心了。

她丢下斧子，轻轻拍落身上的尘土，拉着我们一起走进厨房。母亲做饭，我们坐在凳子上烧火。泥筑的灶膛里火苗旺烈，细缕青烟从灶台的裂缝中蹿出，与夜色融为一体。那一刻，那个孤零零的，悬在村庄最边沿的家，成了村庄的一员，而平时，它是那么形单影只。

吃过晚饭，母亲借着月光继续干活。

那些年，母亲将身体掰成两半，一半交给白天，一半交给黑夜，在她体内，白天和黑夜早已失去界限。母亲经常在夜晚干着白天的活，尤其是有月光的晚上，她必须趁别人休息的时候，把父亲该干的活补上。我因此认识了各种各样的星空，各种各样的黑夜，以及各种各样的月光。并且深刻地意识到，夜也是有重量的，非常的重。当乌云把月亮遮住，光线晦暗的时候，母亲的腰弯得很低，几乎与地面平行，而当月光大亮的时候，她的腰则伸得很直，动作也强劲有力，仿佛压在她头顶上的夜色远比手中的活儿来得沉重。

母亲对月光的热爱近乎贪婪，她需要月光帮自己照亮眼前的生活。年成干旱，她要在夜里去给濒死的庄稼浇水。有时会带上我们，更多的是一个人前往。庄稼奄奄一息，她挥汗如雨。独自一人站在地里，后半夜的月光如清风拂面，使她感觉到凉爽，可同时，也给她带来莫大的孤独。当然，兴致好的时候，她也会背着我去十几里外的邻村看一场露天电影，那通常也是在有月光的晚上。看完电影，后半夜走山路回家，那里有一场比电影还要紧张的剧情等着我们。林子拐角处我们遇见了一个鬼。它面目狰狞，张牙舞爪，口中发出阵阵怪叫。母亲大惊失色，手电筒掉在了地上，呆立在那儿，一动不动，她把魂给吓丢了。我先她一步认出来，那并不是鬼，而是邻村一个臭名昭著的流氓。那晚，我才知道母亲也有害怕的时候。那时候，她一定希望能有一个孔武有力的丈夫陪在身边吧，来保护她和她的孩子。可除了有限的月光，她没有别的东西可以倚仗。在那种时刻，月光成了丈夫的代名词。多年以后，当我读到顾城那首著名的《远和近》，"我觉得/你看我时很远/你看云时很近"，感觉它简直是为母亲量身定做的，把云换成月亮就可以了。

我想，她一定很后悔嫁给那个男人。

中秋临近，别人阖家团圆，我们却忙着数月亮。

是的，数月亮，那是我儿时做过的最浪漫、最忧伤的游戏。当母亲向我们描述天上有几个月亮的时候，我觉得那么不可思议。问，怎么可能。她说，有的，你仔细看看。我说，我看得很仔细，就一个。她说，不对，起码有四个。村口那个颜色最艳，金灿灿的，看上去分量很沉，只不过个头比较小，夹在山谷之间，挪动一下很费劲的样子。头顶上的那个个头最大，表情也最清晰，里面的山峦形状，吴刚手里的大斧子，看得清清楚楚，可惜，母亲叹了一口气说，这么多年，嫦娥从不来看他，连口水都没去送。荷塘里的那个月亮心事重重，行踪不定，像浮在水面上的纸，大风一吹，就没影了。母亲煞有其事地说着这些，我跑去一看，还真是那么回事。她一定站在村庄的各个角落数过看过的，这个世界上再没有谁比母亲更了解月亮了，如果她的身体是一节电池，里面储存的光足可以照亮整个黑夜。最圆最好看的月亮，当然是龙井里的，母亲最后补充道。我问，究竟多好看。她说，到时你就知道了。

母亲说的龙井是学堂背后溪流的发源地，那里是她的娘家。那个村子的名字叫黑山，离我们村不过三四里，他们村在溪上游，我们村在溪下游。

因为地处山谷背阴面，他们村光照不好，到了晚上四下一片漆黑，所以叫黑山。生在那里的人注定比别处更渴望阳光，当母亲沿溪流的方向，从狭窄的源头嫁到地势相对开阔的溪尾，她以为自己的一生嫁给了光明，嫁给了无以言表的美好前程，却没想到成了一个望夫女。这里确实有取之不尽的月光，可同样也有永无止境的孤独。逢年过节父亲会从遥远的云南寄回一笔汇款，可谁能体会到其中的孤独与落寞？谁能了解一个年华正当的女人内心的苦楚？

天上有四个月亮，但它们天各一方。

这处境跟我们何其相似。

母亲没办法拥有一个完整的家，她需要的团圆只在她的娘家，一山之隔的舅舅那边才能提供。一说起月亮，母亲就很入神。她想家了，想那个哺育自己长大的地方了。母亲想家的时候会不经意地露出孩子似的眼神。

儿时，每年中秋我都跟着母亲去舅舅家过节。外婆在世的时候是这样，外婆去世后依然如故。舅妈跟母亲是发小，她也是本村人，也许是先和母亲关系好，然后才嫁给舅舅的。外婆家穷，为了送舅舅读书，母亲主动退学在家操持家务。因为这个缘故，舅舅舅妈对我格外好。

舅舅是很有风趣很会过生活的人，他将老宅的后院打扮得井井有条，一年四季生机盎然。中秋时，石榴、柚子、桂花，全在季节上，院子里充溢着浓浓的花果之香，竹篱笆下月影婆娑。舅舅带着我在院子里捉蛐蛐和萤火虫，然后，再去龙井捞月亮。小时候，他带的是妹妹，现在他带的是妹妹的儿子。

村里孩子成群结队走在路上，手里各自拿一个盆，木脸盆或者铁脸盆，走一步敲一下，声势壮观。他们要到龙井里打一盆水，然后，把月亮端回家，放在大门口或者院子中间，晾着，等到天亮。只有把月亮端回家，那家人在那一年里的日子才会美满，才会顺顺当当。从龙井里打捞上来的月亮像一块经过仔细打磨、闪闪发光的玉石，是真漂亮，也真好看，母亲所言不虚。费那么大的劲，走那么远的路，不辞劳苦把月亮捞回家，可不只是为了看看，它有大用处。将煮好的花生、红薯倒入盆中，跟月亮一起浸泡，炖上一段时间，再拿出来时，它们会染上月亮的气味。月亮的气味，有点甜，有点咸，外加一股幽幽的香，不管什么东西，跟它一煮，都会变得香甜可口。装过月亮的盆，到年底再用来装柿子或者糍粑，掰开来，你会发现，那些食物像是盛满了月光，它们的味道像月光一样绵软而香甜。

一家人，坐下来吃月饼和各种蔬果，谈论琐事时，偶尔也会谈起那个远在云南的男人，谈到他可能有的过节方式。坐在庭院深处，遥望天际，我们彼此相爱却浑然不觉，那是生命中最美好的时刻。彼时，深埋于心的孤独、无从言说的悲伤以及难以企及的幸福，像月亮一样，高高挂在头顶，它的位置那么妥帖，那么合适。而躺在脸盆里的那个，好像从未存在过。

母亲说，不要用手指月亮，它会割耳朵的，如果忍不住，你就去数星星吧。她说这话的时候，我已经十来岁。我的心态变了，她也变了，不再反复陈述天上有四个月亮的事。我并不喜欢数星星，它们位置杂乱，闪烁不定，我尤其不喜欢那个说法，说什么星星是穷人的钻石。穷人的，钻石。凭什么穷人只能拥有这样的钻石？一样根本无法触及的东西？我需要的是一个瓷实的承诺，一份唾手可得的幸福：父亲何时才回来跟我们团聚，从此不再出远门，不再离开我们；或者更具体一点，给一块，或者半块五仁月饼。那时候的我那么爱吃月饼，可母亲总舍不得买，就算买了，也会切成很多块，每天一小块，分开来，慢慢吃，吃得很不过瘾。

母亲还说，月亮嘛，白天也是有的，只是你没发现。其实我早发现了，放羊的时候，天没黑，东山上就会升起月亮，那时，它身影很淡，脸色苍白，不细看，还以为是一团云。我见过的模样最惨淡的月亮，是在父亲从云南寄回来的一张照片上。那张照片上有一棵体形巨大的不知名的树，树周围大块大块的土地种着一种头上开满鲜花模样极为美丽的植物，当然，那美丽也是苍白的，因为那是一张黑白照。父亲在花团锦簇之中拍了那张照。那时候，他很瘦，也很英俊。很久以后，我们才得知，那些花有一个令人恐怖的名字——罂粟，那正是金三角毒品最为横行的年代。据说，他有傣族女人伺候，跟战友一道，给当地人干活，有时他也把自己的种子种在那些女人的身体里。在那里，父亲跟缅甸人做生意，一口气喝下两斤米酒，当然，有空了，他也会给远在湘南的妻子写信，骗她说照片上的罂粟只是一种花卉。他曾一掷千金，挥霍无度，也曾靠一颗半熟的野芒果在丛林中活命。当然，这也是据说。一切都是据说。如果不是父亲在隔壁镇有个战友——那人去过西双版纳——那么多真假难辨的传言，让我连父亲这个人的存在都怀疑起来。后来，父亲回来了，从此再未离开过家。也正因为如此，那些传说全成了无法考证的历史之谜。

父亲跟母亲还有我们一起生活的时间非常有限，和幸福挂钩的内容少得可怜。他的身体坏掉了，搞副业赚的钱花光之后，家里的情况一天比一天糟糕，他的处境非常凄凉，死的时候，一贫如洗，是个完完全全的穷光蛋。这也加剧了我的怀疑，这样一个人是否真有传说中的种种事迹。

前年去云南母亲说，在那里，我可能有一个会说傣族语言的同父异母的兄弟。但很遗憾，并没有，我倒希望有，那样，我们家就又凑齐了四个人，好比天上又出现了四个月亮。

在云南苍山，身边不断游走的白云令我想起父亲，也想起了母亲。如今，母亲独自一人住在乡下，我在洞庭湖边的城市常德工作，哥哥和嫂子在深圳谋生，一家人各自天涯，分处三地，还跟当年一样。苍山的月亮出得很早，对面是洱海，地势相对低平，半下午月亮就升起来了，不像湘南老家，那里大山环绕，只有升得很高的时候，才能看见月亮，那时候，它已经非常亮堂了。洞庭湖上的月亮也出得早，是我见过的形体最大的月亮，圆通通，跟大脸盆似的，我第一次看到那么大的月亮时，被吓坏了。因为大，它显得格外孤独。看见它，就好像看见了自己。那年，母亲来常德看我，她说自己撒了谎，小时候她告诉我的话是用来糊弄小孩的，用手指月亮并不会被割耳朵。我沉默了。它的确不会割耳朵，可却能割伤一个人的心。说这话的时候我们坐在城市的楼顶，天上并没有月亮，而银河，还像小时候那样美丽。不知什么时候起，我们只在背地谈论某些事情，正如在那个人死去多年之后，才开始怀念他曾有过的好。

小时候见到月饼就想哭，因为吃不着，它们通常都被捏在别人家孩子手里。现在见到月饼还是想哭，因为吃不下。日常生活过多的油脂和糖类摄入，让我对高热量食品心生戒备，甚至恐惧。是否必须回到赤贫，才能从每一粒饭中尝出甘甜，在每一滴油中嗅出阳光和泥土的味道，离故乡再远一些，行囊再单薄一些，才会想起去爱那块曾奴役自己的土地。过节的时候，我会想起故乡，想起那住在大山深处的月亮，眼前这块形似月亮的食物，虽然不美味，但依然具备象征价值，如同久未晤面的故人。

这个中秋，气温居高不下。城市燠热，月光凉薄，散落在人间各处的我们，或遭罪，或安好，彼此无从抵达。时间的汁液熬干之后，温暖湿润的往昔只在眼眶里打转。人近中年，再也没有机会去玩那个天真的游戏了，不相信有什么东西跟月亮煮过之后，就会变得美味。眼前的月光因为街灯亮度过高显得苍白无力，但我知道，那位山谷里的居民——每年此时如秋风中的粮食一样准时饱满起来的沉甸甸的月亮——像我牵挂它一样，也牵挂着离乡万里的游子。这么多年，是它在替我守着那个旧宅，守着永恒的精神家园。

电话里，那个教我数月亮的女人声音又老了一岁，而团聚，遥遥无期。

天空的另一种形式

一

黄昏迫近蒿村，也迫近了一个少年的内心。蜻蜓在收集田野最后一批阳光，它们是乡间最终的定居者。大山的背影像裙子一样早早把山脚笼罩，我干完田里最后一点活儿，拖着疲惫的身躯，扛起锄头，挑着箩筐，希望一天的辛苦和收获能赶在夜色之前早一步抵达温暖的家。

田蜿蜒曲折，是狭长的梯田，从半山腰折折叠叠一直排列到山脚。远看跟楼梯一样，我们把这块地方叫作"楼田"。楼田的田哪怕只有几分大，田埂也有一里路远。走在下面的田埂，抬头往上看，感觉田就长在自己的头顶上，和盘踞在头上的生活一样，沉重庞大，辽阔深邃，望不到头。

这是多年前的瞬间感受，多年后的我有了不少的阅读经验，我发现：很多人都费尽心机地描摹自己的故乡，故乡的山山水水，和那些过不了多久就要换上一茬儿的花草树木，不管它们是多么的贫瘠与匮乏，总是和土地上的人们一起，被作家们赞美着，歌颂着，从而逼得中国文学史上出现了最为壮观的一派——乡土文学，却大多对田避而不谈，他们不敢面对田，因为田是用来奴役人的。作家们犯了一个严重的错误，田在奴役人的同时，更多的是在喂养人，让人使唤。忘却了田的作家们，在我看来就是一群大逆不道的不肖之子，不容宽恕。

田作为土地上的一块，是土的一种特殊形式，可能是山的外延，也可能是家的备胎。山里的地整平了，开垦出来，蓄上水，种下稻子，山就成了田；再挖深一些，就演化成了池塘；要是田被抛荒，长了草，就成了山的一部分；抽干了下基脚，长出来的则是一座房子。

我们蒿村没有宗教，大家不信鬼神，只信命，但命是看不见的，看得见的是田地和粮食。一条村道只有一个走向，一头通往家，另一头通向田。田种到哪里，路就修到哪里，不会多修，也不会少修。种田人觉得只要能吃好睡好，种好田，打足粮食，就行了，一条路只要能通到田里就够了，没有必要把路修那么远，把力气浪费在多余的东西上。

二

不是每个出生在农村的人都有田，我是没有田的。

农村分田到户单干的时候，我还没有出生，就连哥哥都差点成了没有田的人。母亲告诉我说，头天晚上队里开会分田，怀着大肚子的她百般努力，并没得到村民们的同情，没能为肚子里的人争得一个份额。肚子里的哥哥似乎感受到了来自他母亲的委屈，在开会结束的当晚急匆匆地赶到了人间，为他，也为这个家庭争得了难得的一份田：八分六厘。全村每个人还不到一亩。

不管这个村子的人增加多少，田是有限的，等我来到这个世界上的时候，田地早已被瓜分完毕，就连离村落好几里的高山田都不例外。像我这样一个没有田的人，在农村被视为多余，我必须挤压属于父母兄弟的那一份。从我懂事的第一天起，我一刻都没忘记"多余人"的身份。每餐上桌前母亲都要说上一句，吃饭一粒米都不能浪费，我们家可是四个人吃三个人的饭！

蒿村是个山窝窝里的村子，山里的田因为光照时间不足，产量低下。

每年打下的粮食，除了糊口以外，还要喂猪养鸡养鸭，这些是能给家里带来钱的东西。在别无其他出路的情况下，即便口粮如何紧张，也不能不饲养牲畜，不养牲畜的人家，会被看作败家子、破落户，一家人都是好吃懒做的货。那时候，哪家嫁女儿，判断男方是否可靠的最大依据是，到他们家的仓库去，用手敲一敲，看仓库剩下几块板子，还够不够吃上一年，够不够养活他的女儿。特别是看他们家上桌吃饭用多大的碗，碗用得太大是靠不住的，那说明这家人不会安排生计。

我第一次感到田的重要性，是在目睹一家三兄弟反目成仇之后。

老举爷爷六十多了，他认为自己不用亲自种田了，决定分家，把两个老人的田平分给膝下的三个儿子。田分远近，而且有的朝阳，有的朝阴，产量相差很大。老举爷爷自以为公允的搭配办法并没得到三兄弟的认同，他们总觉得其他两人占了便宜，自己吃了大亏。于是你死我活，大打出手，三个儿子躺下了两个，还有一个被撂断了脚。我无法理解他们这样的举动，不就是几分田吗，为什么亲兄弟都要争个你死我活。我当时还只是一个会看热闹的孩子，我不知道一年多打两百斤谷子和少打两百斤谷子对一户人家的重要性。但我知道了田对种田人家是重要的，足以让手足相残。老举爷爷在山上给三个儿子挖草药治伤的时候叹着气说："孽子呀，三个不争气的东西，怕是有一天会把我这副老骨头饿死！"

哥哥和我的成长，把全家送入了一段饥荒史。

那时候种田每亩要上交给国家一百多斤，而我们蒿村的亩产才七百斤。赡养爷爷奶奶要几百斤，学校寄宿要三百多斤，有时候碰到急事拿不出钱，也只能向粮食要。一年到头，吃都不够，逼得没办法总要卖那么几百斤。于是，每年青黄不接时，家里就得向别人借。当时没有几家能多出几粒粮食，就算借也不过几十斤，解决不了问题。因此，粮食在我家有着至高无上的地位。很多农活，母亲都会让我学着做，只有做饭这样一桩小事，母亲不愿放手。每一顿饭，母亲都要亲自做，她用做好的竹筒量好分量，从不敢多放一两米。母亲说了，每餐少吃一点饿不死人，但多放一两米，接新前的最后那半个月就要饿肚子。在煮饭前，母亲会给每人盛上一碗米汤，米汤是有营养的，能饱肚子。米汤，浓酽，乳白，样子蛊惑人心，它是农村的牛奶。时至今日，我依然不觉得有什么营养饮料的味道能超过米汤的。四个人把碗喝个底朝天。

有一次吃饭时，我不小心弄掉了几粒饭，父亲顺手就是一耳光，扇得我头晕目眩。"这是老子用汗水换来的！"我哭了。母亲把我搂过去，用手抚摸我的头，"他还是个孩子，你出手晓不得轻和重呀！"父亲大概有些内疚，就说："农民糟蹋粮食那是要遭天打雷劈的！"从此，我每次吃饭都小心翼翼，不敢有半点疏忽。

舅舅家是我们寄存在别处的粮库，每年的紧要关头，我们家都靠舅舅接济。有段时间，我甚至天真地以为舅舅家的谷子特别多，好像老是吃不完，要我们帮忙吃一样。

舅舅是吃国家粮的，在乡政府工作，家里却还种着三四亩田。其实舅舅家并不宽裕，三个儿女，两个在读书，还有一个表哥天生痴呆。我想舅舅之所以对我们家好，是因为他和母亲感情太深。舅舅告诉我，母亲当年的成绩是相当好的，从来都是班里一二名。母亲主动放弃学业在家干活是为了让舅舅安心读书。每年中秋节，我们全家都去舅舅家过节，包括父亲。先是因为外婆在，后来外婆不在了，一家四口照样去。其实父亲并不愿意去，觉得我们母子三人去就够了。他没有脸去，因为他去是挑谷子的。每年中秋，母亲会捉着鸡鸭，让我和哥哥提着，回来的时候父亲的肩上挑着近百斤谷子。只要是放假，舅妈就对母亲说："喊黑子过来耍！"她知道我贪玩，其实更重要的是，舅妈想减轻我们家的负担。每年的暑假、国庆，我都要在舅舅家待上个把月，也就是说我要给家里节省整整一个月的粮食，而且在我回去的时

候,舅妈总会塞给我十几块零花钱。我熟悉那里的一草一木,山上溪头的角

天空的另一种形式

候,舅妈总会塞给我十几块零花钱。我熟悉那里的一草一木,山上溪头的角角落落,老屋院子里在月光下闪闪发光的石榴和那股充满在那座房子里的温暖气息。在我眼里,舅舅家像自己家一样,甚至比自己家里更加美好温馨。舅舅的目光里总是充满着慈爱,同样是爱,和父亲有着本质差别。舅妈不但不怪我每餐吃得太多,还不时地问我:"吃饱了没?长身体的时候要多吃点!"舅舅、舅妈不会怜惜他们的粮食,就像不会怜惜他们对我的爱一样,他们给我的爱,一点不比我的父母少。我不清楚这么多年来,舅舅家借给我们的谷子到底有多少担,他让父亲去挑的时候总是说借(为了照顾面子),但从来没要父亲还过。直到我大学毕业参加工作,想偿还这么多年的债,当我问舅舅的时候,他却说:"我也记不清是多少了,算了,就是几担谷,不用还了!"很多东西就是这样,不是你想还就还得了的。就像舅舅家的谷子,就像舅舅的那份爱。

有一个亲戚是有粮食的,但他们家的粮食长着一副刻薄的嘴脸。那是大姨夫杨家寨家的粮食。

杨家寨在我们那儿算得上是小平原,跟我们蒿村比起来,那里一片沃土,亩产比我们高出两三百斤,这也是爷爷为什么把姨妈嫁到杨家寨的直接原因。杨家寨是我们村到乡里交粮的必经之路。那一年我14岁,正在读初二,当我和父亲交粮经过杨家寨时,已经走了四五里路,腰也已经到了该休息一下的时候。我们打算放下担子到大姨夫家坐坐。父亲走在前头,屁股还没落定,姨夫在端出一碗水的同时,说了这样一句话:"蒿村人田埂虽然砍得溜光,就是没得吃的。"姨夫生怕我们是去向他借谷子的,他担心我们家还不起。姨夫的话像一块火红的烙铁烙在父亲身上,父亲坐立不安,起身就走。他再也没半点心思在那儿休息。父亲狠了心,他跟我说,就算饿死,我们家也不会向他借谷子。后来几次,家里缺粮少米,爷爷都喊父亲问大姨夫借,父亲从来都是咬咬牙不松口。烙在父亲身上的那块红铁还未冷却。我记住了

那句像烙铁一样伤人的话，同时，也开始思索，我们蒿村人，那么勤劳，从来不懈怠田里的活儿，从来不潦草行事，为什么就是吃不饱呢？越是吃不饱，就越把田埂收拾得干干净净，不让杂草影响任何一棵稻子，耽误任何一根稻穗；越是把田埂收拾得干干净净，就越吃不饱。他们和父亲一样，恨不得把所有的时间和体力都花在那几亩田上，他们只懂得收拾田埂，找不到别的办法。

三

"我们家需要田！"

四十八岁的父亲在昏黄的灯光下说。老大才上高中，黑子初中还没毕业，两个孩子前途未卜，我们又没有什么手艺，除了种田，别无出路。母亲也表示认同，但哪里还有多余的田呢？父亲和母亲商量了好几天，最后从父亲嘴里蹦出了两个字：垦荒！

几天后，我们牵着牛，带着犁耙和柴刀上了山。我们的目标是那两亩被村里人荒废多年的高山田。它们躺在芭茅岭的山坞里，像一座被遗弃的旧房子。田和草坪之间已经看不出什么区别，布满艾草、芭茅，还不间断地长出一大兜一大兜的黄荆子。我看到的是满目的荒凉，密不透风的荒凉，这里有我们想要的田吗？有我们想要的粮食吗？垦荒，就是要在绝望荒芜中垦出希望。话虽这么说，活儿毕竟是艰难的，艰难的不是这块地，而是我们的内心。

连续几天把杂草除掉，把坑坑洼洼弄平，三犁三耙之后，居然蓄上了水！蓄上了水，它就脱离了山，它就是田而不再是山了。但，没多久，蓄上的水全漏掉了，荒废了太久的田，还需要犁几次。那天，一切收拾停当，父亲先行回家，他让我把牛赶到山边去吃草。夜色暗下来，覆盖群山和我。我躺下身，望着天边最后一缕余晖。蝙蝠在空中飞翔，手上的水泡和全身的酸痛让我陷入了无限沉思。难道我就这样把生命消磨在这两亩田上？我不能忍受这样的生活，要摆脱这里的一切，我要离开，要远走高飞。我听见了来自体内的一个声音，它响亮，宏大，持久，仿佛震动山林。我起身，赶牛回家。

扛着铁锹，赶着牛，夜色中牛的步子迈得和我一样疲惫。

第一年，我们得到了收获，第二年，因为干旱，穗还在胎肚子里就渴死了。高山田就是这样，后来的几年，虽然还干死过一回，大多数年头获得了收成。

三年高中，四年大学，这期间，我们家的田越种越远，越种越多，最多的一年有十二亩。村里很多青壮年都出去打工了，只有像父母这样上了年纪却没有一技之长的人仍然坚守在老家，父亲和母亲把他们扔下的田都种下了，远的种一季，近的种两季。因为过度的体力劳动，时间在父母脸上的投影远比实际年龄来得粗，来得长。他们的脸，黧黑，苍老，布满皱纹，像那块的土地和搁在土地上的命运。

我像仇人一般，痛恨田，想狠狠地踹开它们，踹得越远越好。但事实是，有几年我们家种了村里最远的田，甚至隔壁村的。这惹来了别人的笑话，说我父母这么大年纪了，自己村的田不够种，还种到外村去了。父母听到这话，是心痛的，但他们别无他法——我的学费太高。后来，国家取消了农业税，我们种的粮食终于完完全全属于自己了，那年夏天，我收到了大学的通知书。

每年暑假，我都回家搞双抢。大三那年的暑假，我决定回家跟它们举行一场告别仪式。原本不打算回家，想着毕业和找工作的事情，为即将到来的新生活做计划。考完往家里打电话。母亲说，家里不用挂念，熬到你毕业，就不种那么多田了，声音粗粝沧桑，母亲一向最体谅我。我还是决定回去，虽然她一个字都没说。

双抢的太阳发了疯。路边的杂草、树叶散发出被太阳烤焦的气味，热浪滚滚袭来，刚从稻田里出来的人，浑水与汗水将全身浸透。百斤重的担子让肩上的扁担往肉里咬，汗水也往磨烂的地方咬，像一群饥饿的虫子，痒痛难忍。父母都已年过五旬，每次我都尽量比他们多挑一些。我忘了整日坐教室的自己，已经很难忍受那样的体力活了。一觉醒来，全身酸痛，脚连下坡路都走不了。父亲怕我累倒，早上从不叫我，总要让我睡足，我总是比他们起得迟一些。虽然累，但我的心情却是高兴的，因为我以为，从此以后田再也不是压在我头顶上的东西了。

我的能干换来邻居们的好话，体会父母，又能吃苦，换成别的孩子，根本就不会回来。他们不晓得，我的体力已透支到了极点。我是憋着一股子气，在内心里和这种生活默默告别。

我只是想用最简单，最平常，也最实际的方式，在有生之年里为我最亲的人做些事。从他们坚定的笑容中，我知道他们很累，但有盼头，这个盼头来自两个上了大学的儿子。我希望，从此我和我的父母再也不用那样累死累活地生活，可是，我错了。

即便我参加了工作，家里还欠着债。我劝母亲只种家门口的一亩多田，有口粮就行了，欠的债由儿子来还，他们这么累，我会觉得欠下的债更多。可母亲怎么说？她说："这么上好的田，如今年轻人都出去了，我们不种就抛荒了，当初我们还上芭茅岭开荒呢。再说，家里欠着钱，我耍也耍不安生。"一生视田如命的她，放不下。

四

城市马不停蹄地向农村扩张，农田被占用得越来越多，房价坐上了飞机。农村户口变得比城市户口值钱，因为农村有属于自己的土地。我告诉母亲这些，母亲一点都不信。她不相信她辛辛苦苦把儿子送去读书，吃上了国家粮，户口还不如一个农民。她不知道这根本是两回事。她对这件事的态度和我对田的态度一致。我离开那块土地并不是我不爱它，农村户口可贵，并不是农村的生活比城里好。

回老家看望母亲，发现村里青壮年劳力不断流失，好多田都荒废了，它们和那些年轻人一样，流失在时代的旋涡里。即便政府颁布鼓励措施，种田的有补贴，抛荒的要罚款，他们也情愿交上一笔罚款。先前我家开垦的田又重新长满杂草，很多通往田里的路，年久失修，连路基都坏掉了。当年为了几分田大打出手的三兄弟也不种田了，他们一起出门打工，田仿佛成了一泡臭狗屎，谁都看不上了，暴露在太阳下，长出了高高的蒿子。我不知道还会不会有人再想起它们，再一次带着犁耙去垦荒。母亲说："从来没想过村子会荒成这样，荒得让人害怕。"

一个上午，我看见老举爷爷拄着拐杖，独自走在楼田的田埂上，来来回回地走，他唱着山歌：

> 油菜开花花儿黄，
> 养女要嫁种田郎。
> 只有种田吃白米，
> 哪有读书吃文章。

熟悉亲切的歌谣，依然是小时候听过的调子。母亲告诉我，自从三个儿子出去打工后，老举爷爷经常一个人在田垄里走来走去，没完没了地唱歌。他在田埂上行走的样子和一个收工回家的人没什么两样。歌还是我听过的老歌，田还是那些田，人却老了。这都不是区别，区别在于，他只是一个守望者，而不是耕种者。

　　我，一个曾经在田埂上行走的人，一个对那些走在田埂上的命运无比熟悉同时又从别处得到了点审美能力的人，突然意识到：此刻，田被人高高举在头上，成了躺在地上的天空，成了天空的另一种形式。

父亲是一只羊

　　有一段时间我们都觉得父亲越来越像一只羊。竟然不动粗，不骂人了，只是埋头做事，安心吃饭，平心静气的，和他那一贯的心高气傲、暴戾粗犷，一发脾气就青筋直鼓、暴跳如雷的形象判若两人。不是因为他已经到了知天命的年纪，而是羊的缘故。父亲的世界跑满了羊，堆积了厚厚的羊叫，散发着浓重的羊膻味，在他的羊群奔跑的世界里连他的儿子都插不进去。

　　作为夕阳的遗产，夏天黄昏的最后一道晚霞已经被黑夜继承。村子、群山和夜色混为一谈，大地上的事物，最大限度接近了天空，这是山中事物相互之间挨得最近的时候。但父亲的心却被一只没归屋的花母羊搁得远远的。四下里蛐蛐叫得欢快，遥远的天际，星星随着叫声的节奏闪烁，父亲独自坐在村口吸烟，烟头明灭起伏的火光，制造出几颗临时的星子。晚风刚停，天边就响起了滚雷。在村口坐了两个时辰的父亲，终于有些不耐烦，骂了声："这畜生活该，盆浇的大雨淋不死它才怪！"骂完，转身进了屋。紧跟在他身后的是噼里啪啦的大雨。

　　父亲很久没骂人了。

　　在南方，羊比人更怕热，二十几只羊整个夏天挤在羊垄里，中暑的事情时有发生。在此生活了几年的羊，熟悉山里的角角落落，为了逃避炎热，有的羊躲在林子乘凉，天黑了也不下山，羊群总是隔三岔五不能按数归屋。父亲骂的是一只经常在山里过夜的花母羊。父亲平常说话总是骂骂咧咧的，那些骂人的话就像写文章时的标点符号，只是点缀，没有实际意义，但少了它们，语义就不通了。父亲这回骂得有理，因为母羊已经有了身孕，即将临产。

那天晚上，全家都没睡好。父亲每隔一小会儿就要我到屋外看看，去村口和大路上看看，看羊回来没。我跑了三四趟，没见羊的踪影，也没听到任何啼叫。我跟父亲说，那羊肯定是躲在山里的石头下或者什么山洞里了，它可不笨。雨下得很大，已经持续了两个多小时。屋前屋后都涨了水，远处山洪制造的声音滚滚而来。我想，山里的路恐怕早就被山洪阻断了，羊就算想回来也下不了山。睡到下半夜，父亲突然从床上跳了起来。他说，他听见了羊叫。我们都不信，羊要回来的话，早就回了，还用等到现在？但父亲执意起身去拿手电筒，出来一照，只见花母羊被雨淋得可怜兮兮的，正站在墙根处打哆嗦。

也许父亲与羊之间真的有什么超出常人的感应。也可能那晚父亲根本就没有入睡，他一直竖着耳朵，直到从嘈杂的雨声中捕获到那一声羊叫。

父亲是年近五十才养羊的。我和哥哥都在求学，他疾病缠身，老态尽显，既不能学年轻人远走他乡外出打工，也不能像其他人那样，有足够的力气使在田地里。但我们有山，数不尽的山，蕴藏着水草和林木的山。我的故乡是典型的南方丘陵，小阜平岗，秀草丛生，多石而不深，专门生长低矮灌木和阔叶树林，能为羊群提供充足的水草。我还记得那群羊刚来的样子，只有六只，怯懦，羞涩，连叫声都是收敛的，不敢放开嗓子，跟乡下人新到一处地方一个样，心事重重，小心翼翼。它们还不知道这里的草是否对胃口，新主人是否容易相处。

不到半年就有了十只，两年后数字来到二十三。从此，家里每年都可以卖掉十只左右，并且能一直稳定地保证二十多只的基数，收成也占到了家庭收入的近半。羊的队伍壮大了，它们的胆子也随之壮大，不时闯点祸，惹来村里人的口舌。为了保住我们得以求学的命根子，所有的骂名只能让放羊人——父亲来担当。父亲握过笔，从过戎，曾是一方才子，如果不是因为某些事，他不会落魄到回家种田。即便回来了，他也当过十三年的支书。他做事，一向一是一，二是二，干净利落，极看重规矩礼节，从不拖泥带水欠人人情。但在对待羊犯事这个问题上，他永远只能赔笑脸，有些无奈，甚至有点故意耍赖。他就像一只懦弱的羊，默默承受那些纷繁沓至的尖刻眼神。

放羊虽然比耕田、挑担子那些体力活更适合父亲，但世上没有不累人的活儿，没有不催人老的时光。羊群像一根刺扎进了父亲的身体，最终长成父亲身体的一部分，再也拔不出来。尽管这种进入是强迫性的，却成了上天给父亲生命最后时光的特殊馈赠。

羊事讲时辰。"羊吃未时草"，过了两点必须进山，这样才能保证它们能像庄稼那样有好的长势。时间不足，羊吃不饱，到天黑都不肯下山。

夏天正午两点，村子被送入午睡，安静得像夜晚，狗趴在弄堂的荫蔽处，张着大口歇气，知了成了山村唯一的主角，绵长无尽的叫声，制造出绵长无尽的寂寞。这时，全村只有一个身形笨拙的人，戴着斗笠在太阳下行进，走在他前面的羊群，被太阳照得像耀眼的水银。羊走过的地方，留下了一片羊粪蛋儿，走一路，拉一路，算是提前支付给那些被它们啃掉的草木。

如同在旱地泼下一盆水，羊群一接近林子，便迅速消失，不见踪影。父亲找了一处林荫坐下来。没有风，他就脱下斗笠用力扇，汗水从身上不停滚落在地上，发出"嗤嗤"的淬火一般的声响……

我永远记得那个画面，当那只花母羊把羊羔下在山里，第二天父亲从山上找到两只小羊羔抱回来时的样子。他既不敢使太大劲，怕捏坏小东西，又怕没抱住掉下来摔坏。走起路来左右不是，模样憨态可掬，像是抱着两个刚出世的儿子。

每年冬至左右，我们家就要热闹起来，不断有远远近近的人来家里买羊。那段时间，父亲的脸上总是堆满笑容，像养了多年的女儿终于等到出嫁的一天。冬至的羊朦好，肉多，味美，有句俗话是"冬至羊肉胜人参"。我们水岭羊肉在全市都是响当当的牌子，每年冬天，镇里的羊肉馆宾客爆满，慕名而来的吃客，让小镇里的车停成了长龙，经常堵塞交通。山里的羊向来供不应求。我们家的羊只吃草叶，从不下饲料，有着很好的口碑。那些买家瞧上哪只，看准秤，二话不说付了钱就走。有时候，也会碰到一两个油头滑脸的家伙，挑三拣四的，一会儿说这只太瘦了，肉"半开货"都难；一会儿又说那只太大了，买不起，要只小点的。一看就是想占便宜，借口减价。

"这羊还有多少话讲，便宜三毛钱一斤，作数！"父亲脸色不好看，不情愿的语气有些冲。

买羊的露出了笑意，他们等的就是这句话。"生意嘛，有来有回，下次我们还要你的。"

父亲宁愿便宜点，也不想听到那些对羊进行侮辱和贬低的话。我们家的人都太实在，在情感和商业上，不假思索地选择了前者。

父亲从没杀过羊，我们从没吃过自家的羊。

养鸡养鸭，纯粹是为了过刀，上桌，给胃带来幸福。羊、牛、狗这些东西，养得久了，就会沾上人气，而人身上也渐渐有了它们的影子。杀羊宰牛时，牛羊是会哭的，我亲眼见过它们流泪。

羊也有夭折的时候。有一回小羊羔不知是中暑还是得了热毒，眼看要不行，村里人建议父亲给它一刀，这样还可以吃肉，可是父亲死活不干。他舍不得。那只羊在父亲的抚摸下，咽下最后一口气，闭上了眼睛，最终由父亲亲手埋掉。除了天灾，还有人祸。一些好吃懒做，暂时找不到出路的年轻人，整天窝在村里无所事事，难免干点出格的事情。我们家丢过一回羊，父亲也知道是什么人所为，然而捉贼不见赃，终归无可奈何。父亲只能怨自己不够精明小心，才让他们有机可乘，因为那天，他把羊赶上山后回家办事去了。这些不仅是羊的不幸，更是养羊人——父亲的不幸。

父亲不杀羊是出于情感，我们不吃自家的羊，是吃不起。杀小的，可惜了，下不了手；杀大的，少说值三百多，羊是家里的主要经济来源。养羊人吃不上羊肉，只能将羊养得肥溜溜的卖给别人。每次看到羊肉店内人来人往，心里就酸溜溜的，总不是个滋味。我们只能等冬至过后，羊肉便宜的时候，零星地买几斤。"等有了钱，我们宰只整的。"父亲说，可那天始终没有到来。

到了冬天，羊事变得艰难起来。雪小风大的日子，人要比羊经受更大的考验。风割人，像时间一样无处不在、无法回避地割人，耳朵和脚每年冬天都得冻坏一回，伤口只能留给来年的春风去安慰。遇上大雪封山的日子，找不到一块裸露的草坪，能让羊落嘴的叶子因格外稀少而弥足珍贵。一天下来羊顶多填个半饱。每年秋天过后，我们全家都要为羊加紧储备食料，最能派上用场的是风干的红薯叶。一个大雪的黄昏，父亲赶羊走在回家的路上，他全身飘满了雪，外套上结了雪垢，连胡子上都挂着雪，成了白胡子老头。堂弟说："你们看，伯伯像不像一只羊！"堂弟说出了我们所有人的心声。

虽然寒暑假时我都主动接过羊群，但更多的时候，羊群是属于父亲一个人的。父亲的身体一天天坏下去，高血压、气满、风湿，这些病约好了一样，合伙欺负一个将老的人。羊对地形越来越熟悉，老油条多了起来，越来越不受管束。按理，每隔几年，羊必须得进行一次大换血，那是为了让它们对环境保持陌生感。但此时的父亲已经没有精力去完成这项庞大的工程了。闯祸的次数多了，夏天不归家的羊多了，好几只羊成了野羊，十天半个月才回家一次，完全失去了羊群应有的规矩。每次羊闯了祸，父亲受了气，总要说些诸如"这群畜生，再不听话，明天就全卖掉"之类的气话。可他始终下不了决心去割掉这块心头肉。这是父亲能为家里做得最大的经济贡献，他说过："我是穷人的儿子，我不想再做穷人的祖宗。"他希望他能将羊放到我大学毕业。"等你毕业，我就什么都不管了"，不想竟一语成谶。

事情就这样一直拖着，直到我上大学，母亲要招呼地里的活儿，再也没人能替他分担放羊的活儿。羊卖掉了，给我凑了上学的唯一一笔路费。我是靠羊上路的，父亲赶了羊，而羊却赶了我。

羊卖掉后的一个下午，父亲搬了一个小马扎，坐在羊圈前，吧嗒吧嗒地拼命吸烟。秋风赶着一些过早脱落的叶子在他眼前来回地跑，他双眼注视在那张写着"一帆风顺"的发白的红纸上。那是父亲嘱咐我，用毛笔写上的，再用图钉钉在羊圈外面的门框上。每到过年，父亲都要交代我贴上这四个字，还要烧纸、上香，祭祖需要的所有事宜，一项都不漏下，简单的四个字寄托了父亲的全部企盼和愿望。但此时，羊圈里那股熟悉的臭味，那些嘈杂的羊叫声他再也听不到了。突然，父亲的眼神猛然恍惚起来，似乎有很多只羊在他眼里跑来跑去。

失去羊的父亲有些孤独无依。田地里的活儿他干不了太多，父亲的心因为闲置，显得诚惶诚恐。父亲经常半夜梦到在放羊，听到羊叫，甚至还自己学羊叫。和父亲睡一张床的母亲说，父亲身上有一股羊膻味，母亲说这话的时候，羊已经卖掉一年了，没人在意她的话。有一次，在地里干活儿，一家人都大汗淋漓，突然不知从何处飘来了一股羊膻味。附近并没人放羊，没有羊的影子。后来，我们发现，那股味是从父亲的身上散发出来的。

羊虽然卖掉了，但多年来积累下的羊粪成了羊群留给我们家的宝贵遗产，这是上好的农家肥。和猪粪、牛粪比起来，一担羊粪的肥力是它们的三倍，而且肥效也长，能在地里管上三年。那几年，我们家地里的小菜、田里的稻子，长势和收成明显超过了其他人家的。

和庄稼的茁壮出众相比，父亲却迅速衰老了。

羊卖掉不到三年，父亲像是老了十几岁。我们本是为父亲的身体着想才不让他养羊的，没想到闲下来的父亲，身体状况反而急转直下，平时寄存在他身体里隐而不显的疾病迅速霸占了他。应了他自己的话，我毕业那年，父亲不再管我，撇下我们，走了。父亲走得很急，我和哥哥都不在他身边。母亲和村里的乡亲们围着他，只见他张着嘴巴，眼神慌张急切，好像要说什么，却发不出声来。母亲以为他有什么话交代给两个儿子，把耳朵凑上去等了半天，可父亲始终没能说出一句话。当大家都不再抱希望时，突然听见了一声尖锐的羊叫，随即父亲便合上了眼和嘴巴。没有人注意声音是从哪里传来的。

父亲一定是去找他的羊去了，他一辈子都像羊一样生活在大山里。如果他健在，我想，终有一天我们要把他接到城里来，那他一定不会习惯，城里没有放羊的山路，没有适合羊生活的林子，这样他会感到孤独。

父亲是一只羊，一辈子活在山里没什么不好。既然父亲愿意做一只山里的羊，就让他做好了，我希望他和他的羊群能早日会合。

蛇群出没的村庄

与蛇为邻

一条蛇混迹在棕绳中，从横梁挂下来，样子和棕绳毫无区别。是窗外挤进的风出卖了它，所有的棕绳都飘荡起来，只有它纹丝不动。这是一条活出经验的蛇，此刻，它眼里只有老鼠，丝毫不为其他因素所干扰，在这座废弃的老宅中，还有其他同类，不然墙角的影子怎么黑得那么沉。

七八月间，石灰窑、废弃的老宅和那些残垣断壁是蛇最爱出没的地方，它们喜欢沾着人气走，它们知道只要有人的地方就有粮食，有粮食就有老鼠。蛇把村庄当成自己的狩猎场，四处制造血案，青蛙的哀鸣此起彼伏，惨烈而悲壮，为村庄涂上了一层恐怖的色彩。中国的读书人大概从唐朝起就知道我们永州是产蛇之地，毒蛇遍地，为祸人间，很多人以捕蛇为生，《捕蛇者说》只是一个寓言，"黑质而白章，触草木尽死"的是人，不是蛇。

跟一条蛇相遇是一种缘分，它不会无缘无故攻击人，总是人先伤害蛇，蛇才会伤害我们。

那是条金环蛇。我们在山道上相遇，几乎一脚踩在它身上，从而引发一场乡间的交通事故。我不知所措地看着它，它也因为庞然大物的出现愣住了，停下脚步，只是睁大眼睛惶恐地看着我。从那羞涩和不很自信的眼神中可以看出，这是一条初次与人打交道的蛇，它很快意识到自己所在的是一条人道，不好意思地走开了。

在这个季节，有经验的蛇常常大摇大摆走在路上，就算遇见人，也不怕，走得不慌不忙，人模人样，千百年来村子里的人习惯了与蛇相处。走夜路踩到蛇是常有的事，蛇知道这是一条可靠的路，人已经在上面走了几辈子，只要顺着这条路就能找到村子里去获得它们所需要的东西，绝不会徒劳无功。人聪明一世，在这个问题上一点办法都没，完全沦为蛇的工具。也有喊打的人，说是为民除害，他们为蛇占了这么大便宜而愤愤不平，他们一辈子都在琢磨怎么占别人的小便宜，蛇这样做了，他们就看不下去了，其实，让蛇走走又有什么损失呢，路修出来，不就是让人走的吗？

蛇不像人把时间浪费在吃上，它们吃一顿能管很长一段时间。父亲在世时，常骂我是懒秋蛇，其实蛇才不懒呢，它们替我蒙了很多冤，挨了很多骂。它们冬眠绝非因为偷懒，这是人的浅薄无知，它们是把大半时间都用在了思考上。孤独和思考让蛇活得更加长久，不像人，一辈子奔波到死，也不知道为个啥。一条聪明的蛇陷入冥想之中，终于忘了年龄，以至于成了妖，山里的传说，蛇占据了半壁江山。我一点都不怀疑那些生活在大山里的人，他们的内心孤独丰富，安贫乐道，像蛇一样活到百岁，最后老成一个神仙。

有两年我在村里是个闲人，既不肯死心塌地做个农民，又无力把书念好，我不知道自己能不能考上大学，整个人心浮气躁。因为找不到出路，只好暂时窝在村里，大事干不了，小事又不想干。我正处在长身体的年头，精力过剩，总想找点什么事干干。那些年我对家里的现状很不满意，总觉得父母太没出息，一辈子什么像样的事都没整出来，看啥都不顺眼，东挖一锄头，西砍一斧子，想让所有的事按我的意志来。

村里有很多山边地，那是先人们依山开垦出来的。通往地里的路都是些陈年老路，曲曲折折，绕很大一圈才能到地头，那些路常常失陷在荆棘和柴草之中，每隔两年就要修理一次。那一回父亲要我把地里的玉米挑回家，我走到半路就没力气了，望着那条七拐八弯的路，满肚子怨气。这路咋这么远，干吗不修一条近的？村里人也太懒了，太笨了！第二天我就扛了锄头拿着柴刀修路去了，我要造出一条新路，一条更直溜、更便捷的路，这样就用不着把那么多的时间花在路上。经过两天的努力，我在以前的基础上修通了一条新路，从村头到地里距离缩短了近一半，比以前的老路宽敞得多。我觉得自己做了一件了不起的大事，村里人一定会感激我，甚至以为要是村里人都像我这么想，村庄早就不像现在这个样子，尽是些羊肠小道，平白无故把半辈子时间浪费在路途之中。

可我错了。我开的路大家都不走，他们还走以前的路，新开的路不到两个月就长满荆棘，从大地上消失了。我想过再次修通那条路，但面对满眼荆棘，再也提不起半点信心。

我和大家一样，回到了那条崎岖难走的老路上，心里怎么也想不通这件事，为啥大家新路不走，而坚持舍近求远，直到有一天……

那天，我从地里回来，一路上碰到好几条蛇，先是大黄，接着是金环，还有几条很大的赤练蛇。这一带蛇多我一向是知道的，但绝没想到有这么多，它们得了祖先的遗训，很清楚这是一条踏实可靠的路，借了人的足迹，既省力又安全。蛇很少自己开路，不走人的路就走其他动物的路，我们已经把路走好了，它们光捡现成的，它们知道重探一条路会付出多大代价。蛇都知道这些，何况在这里生活了祖祖辈辈的人？这条老路就像这里的生活，就像他们脚下的那双旧鞋，大家已经习惯，换一双新鞋他们可能连路都走不稳，谁都无法预料一条新路会发生什么样的事情。

一个村庄不是谁想改变就能改变的，一条路不是谁想走通就能走通的，村里看起来不起眼的一条路，是祖宗们几辈子攒下来的，每攒下一条路，就如同攒下一笔财富。年轻人不知道这个理，还以为祖辈无能，直到碰了壁，摔了跤，才明白过来。难怪父亲见我干这些时不闻不问，既不劝解，也不支持，也许他当年也是这么错过来的。他知道，这些道理虽然浅白，却只能靠自己去领悟。他们的一辈子原本就是要花在这些弯路上的，如果把路修直了，多出来的时间放到哪里去呢？他们多余的人生将无从安置。

经过了这次挫折，我的心绪开始明朗起来，开始明白接下来该干点啥。我还年轻，不能在村庄待一辈子。先拼死一搏去考学，实在考不上再出去打工。这是一条被求证过的路，既然大家都这么走，我也应该这么走，总比胡冲乱撞好。

一走就走到了现在，虽说不易，到底还是走过来了。如果留在村庄，我不知道那里是否有一条路是我能走通的。

蛇占据了我原来的路，把我挤到了另一条路上，我是该感激蛇，还是埋怨蛇呢？我说不好，我的路才开始了很小的一段。

新捕蛇者说

不是所有人都像我一样想离开村庄。响生就不，他是捕蛇人，捕蛇人一辈子都离不开大山……

响生身上流的血和我们不一样，他家祖上几代以捕蛇为生，他爹刘猛子是蛇精怪，能用鼻子嗅出蛇的气味，从而发现蛇的行踪；他爷爷黑皮号称"蛇见怕"，关于他的传说无人不知。有一年，黑皮进山与一条大蟒狭路相逢，捕了一辈子蛇的黑皮知道那条蛇跟自己只能活下其一，他明白光靠人力与蛇斗绝难取胜。他想到了一个听闻还没用过的法子。他没有足够的信心，但只能赌一把。他把蛇逗起来，然后拼命与它追逐。那是一条饿坏了的蛇，一闻到活物的气息就急不可待，蛇的身躯过于庞大，它跟着人跑了两个时辰，累得精疲力竭，这时，黑皮瞧准时机突然抡起石头把蛇头砸了个稀巴烂。当他背着六十多斤的蛇走到村口时也累得瘫倒在地，村里很多老人都见过那条大蛇，村里有史以来最大的蛇。

响生第一次抓蛇的情景我至今记忆犹新，二十几年前的那个上午，我们被一条蛇拦住了去路。那是一条大黄，估计有五六斤。大黄相对比较温和，平日里并不怎么放肆，可那天，它怎么也不肯让路，它大概知道我们还是一群孩子，很好欺负。有些蛇确实跟人一样，欺软怕硬，比如鸡冠蛇，它会跳起来和人比高，一旦高过对方就会主动攻击。鸡冠蛇毒性很大，却不值一文，抓蛇的人都不屑一顾。而大黄如此猖狂是很少见的。那条大黄没想到这里有一个会捕蛇的孩子，响生拎着棒子和石块动作神速，蛇反应不及，在一场出人意料的混战中成了冤死鬼。我想，它就算到了地下也不会甘心的，居然死在了一个小毛孩手上。那年响生才八岁，第一次和蛇打交道就一鸣惊人。他爹刘猛子似乎还不太满意，他说："可惜了一条好蛇，就这么打死了。"

没事的时候响生会跟我们说一些关于蛇的事：蛇走过的路土渣抹得特别平；蛇从来不会在蜕皮的地方再次出现；蛇要是进了洞才好，只要扯住尾巴不放，往洞里灌水，土被淋湿了蛇鳞使不上劲，很容易被拉出来；提着尾巴，用力甩几下，蛇的骨节就散了，再也使不上劲，无力再回头咬人了……他说得轻描淡写，好像捕蛇是谁都能做的事。

捕蛇日久的响生越来越安静敏锐，眼睛黑亮黑亮的，像抹了一层茶油，一股特有的寒气从眼珠中射出来，那是一双令人望而生畏的眼睛，很少有人敢和他对视。他的皮肤也晒黑了，比我这个外号叫"黑子"的人还要黑，早先他是很白的。

有一天，他激动万分地跑来跟我们说，他发现一只蟾蜍正在吃蛇。蟾蜍吃蛇？真是闻所未闻，大家都想去看个究竟。

在园林场的石灰窑里，我们一个个被眼前的情景惊呆了。一只硕大无比的蟾蜍，正在吞吃一条小赤练蛇，蛇的身子已经进去了大半，只剩一截卷曲的尾巴挂在嘴边，那截尾巴还在动，在挣扎着摇晃。旁边有几条大一些的赤练蛇跟我们一样惊呆了，不知所措地抬着头看着眼前的一切。大家害怕惊动周围的赤练蛇，赶紧跑开了。那晚我做了场噩梦，梦见被一群赤练蛇追赶，一直赶到悬崖边……

响生没上完初中。他爹觉得捕蛇跟上不上学没什么关系，响生是个独生子，他不希望他们家的祖传捕蛇技艺传给外人。

捕蛇者每年只忙两三个月，收入比普通庄稼人高得多。金环蛇和草鱼蛇一条能卖几百上千，五步蛇朝天喊价。当我们在地里忙活时，他们父子俩摆着双手在野外瞎晃悠，落得个自在清闲。那时候，真是无比羡慕他，他从来不用搞双抢，他们家种的那点田，没几天就忙完了，而我却要累半个多月。我更羡慕的是，他再也不用每天背书考试，为一个未知的前途削尖了脑袋，在千军万马中挤独木桥，一个农村孩子哪那么容易挤上去。我常想，我咋就没有一个会捕蛇的爹呢？有好几次看见他一手提着麻布袋，一手持一根特制的短小"T"字形木棍在山里东瞧瞧西望望，神出鬼没，想喊他时，一晃就不见了。

我上高中那年，他在家盖了新房，我读大学时，他娶了地方上顶漂亮的女人，没有人不羡慕他。

我的羡慕和嫉妒并未维持多久，他爹刘猛子死了。刘猛子是在响生结婚不久后死的，死于五步蛇。

五步蛇是山里最毒的蛇，也是价格最高的蛇，一旦被它咬了，可能五步致命。刘猛子当然知道这个，所以他每次捕蛇时都带着蛇药。捕蛇人一辈子生死一线，这是他们的宿命，刘猛子没逃过这次劫难。他死的时候还一手拿着药瓶，显然想自救，只是一切没来得及就倒下了。

刘猛子死后，响生就和五步蛇干上了。这种蛇有严格的生活习性，活动范围有迹可循，它只在林子深处的潮湿地带出入，一辈子都不会走太远。接下来的好几年，每到七八月响生就要进山在那一带巡视，反反复复，路都踏出了好几条，始终不见蛇的踪迹。每次见他失落而回，我又难过又高兴。他要为父报仇，谁又为蛇报仇呢，这么多年来死在他们父子手上的蛇实在太多了。都说蛇毒，可事实上无故被蛇咬伤的人极少，总是人先惹了蛇，蛇才会去咬人。人和蛇要是能和平相处才好，大家都平平安安的。如果我跟他说这些，他肯定以为我疯了，他这辈子就是为捕蛇而生的，他和蛇的关系就是你死我活的关系。

五步蛇到底还是被响生抓住了，不知道是不是咬死他爹的那一条。

五步蛇已遁迹多年，是濒临灭绝的种类，四斤左右已是天价。响生没有立即卖掉蛇，也没有杀掉它，而是放在自家的地窖里养着。他不再去捕蛇了，休息起来，隔三岔五抓一些老鼠和青蛙去喂蛇。大家猜想也许这条蛇太难得，个头还太小，花了那么大的力气才逮住，就这么卖掉划不来，可后来有人出了大几千的价钱，他还不愿松口，不知道脑子里在想些什么。

那天一早，响生心血来潮，给蛇喂东西时想把蛇提出来看看。五步蛇性情凶悍，大概是在地窖里困得太久了，一见天日便生猛异常。尽管响生倍加小心，手臂上还是挨了一口。不知道是伤口浅，还是他提前准备的药起了作用，他虽中了毒，却还死死抓着蛇，倒地时不但没松手，还在蛇七寸上反咬了一口。响生女人回家时，看见昏死过去的丈夫和死蛇倒在一起，几乎也吓晕过去。

响生被送到医院救了过来。可是因为蛇毒的渗透，再也不能说话，从此成了哑巴。那条蛇死了，被响生一口咬死的，都说蛇毒，没想到蛇被人咬后死得比人更快。一条几千块的蛇成了一堆蛇肉。如果他早点卖了，什么事都不会发生。事情过去多年，再问他这个问题，他自己也说不清，或许，这就是命吧。

响生依然在老家捕蛇。成了哑巴的他干事诸多不便，不能像其他人那样出门打工，捕蛇是他唯一的活路。回老家碰到他，发现他的皮肤愈发黑了，粗粝得可怕，起了一大圈一大圈的皮，像挂着一层蛇鳞，长年在太阳下的他被晒得不成人形。他没能恢复过来，看见我只一个劲儿打哑语，像一条不会说话的蛇。他儿子已经在县里读四年级，问他是否会教儿子抓蛇，他使劲摇了摇头。他希望儿子能好好读书，以后干点别的，不想儿子步自己的后尘。

也许有一天他会收一个徒弟吧，以便将他的捕蛇绝技传下去，当然，这只是我的猜想。

歧路上的魂灵

来者何人

那年夏天一开始便让人捉摸不透，公鸡半夜打鸣；老马驮粮从走旧了的山道上跌落悬崖；大雨一连下了半个多月，将县城淹没；田里的稻子成片长霉，都说是百年一遇的年成，然而，我们从未想过，这些波诡云谲会跟父亲产生什么联系。

父亲病了。在床上疼得打滚，脸上表情扭曲，喉咙失了声，样子让人认不出来。父亲是打掉牙和血吞的人，当过兵的他性情刚烈，有一回劈柴，斧子不慎落错地方，在脚面上劈出一条裂缝，血流如注，也不见他哼一声。他那个样子，很难想象是多大的苦楚。母亲四处想办法，她学过医，懂得很多偏方，一一用过，却并不奏效。父亲的疼时断时续，来去皆无征兆。"早说过，你就是不听，看看，如今……"母亲一边指责，一边叫我到对屋找满奶奶。在母亲看来，除了满奶奶，谁也救不了他……

那天上午天气闷热，有下雨的征兆，人像被装进塑料袋，蔫不拉几的，我和堂弟百无聊赖，待在家里看电视。是《白蛇传》，每年暑假的必备节目，看过好几遍，还觉得有味。播到水漫金山时，城中百姓像一群蚂蚁漂浮在风口浪尖上，在劫难逃。这时，一条大蛇出现了，身子比我的胳膊还粗，嘴里吐着猩红的芯子。我以为自己看错了，揉了揉双眼，发现蛇还在，看起来，它似乎是从电视里爬出来的，眼睛定定地盯着我们。

我家是土砖房，那条蛇从电视机后面墙角的土砖缝里钻出来，身子的一半还藏在缝中，头则搁在电视机上。一双蛇眼寒光闪烁，撒出一张巨大的网，将我和堂弟牢牢收住。那一瞬间，我失去知觉，无从动弹地愣着，电视里不断传出法海一如既往的令人厌恶的笑声……过了好大一会儿，我们俩才缓过神，转过身去，各自抄了一根扁担。扁担太长，拿在手上显得笨拙，对处在犄角旮旯里的蛇毫无用处，只不过是壮壮胆，手上虽有了家伙，并不敢向前动手。我们跟蛇相持对望，距离过数尺。

就在这时，屋外响起一阵脚步声，将我们从恐惧的深渊中打捞上来。

我和堂弟盼到救星，闪电般跑出去。是安子叔。见变天，他想在雨下来前把熟透的绿豆捡回来，要是再淋上一阵雨，它们会发芽，坏掉，先前的活儿等于白做了。他急着去捡绿豆，怎么也不信家里来了蛇，我和堂弟费了好大口舌，才将他拉进屋子。等安子叔进到房里，蛇已经掉头钻进了旁边的另一条缝隙中，只剩很小一截尾巴露在外面，蜷动着，慢慢缩短，看起来更像一条钻泥的鳝鱼。安子叔上前去拉，却来不及了。那么大一条蛇，竟然从手指宽的细缝中钻了进去，悄然而去。我和堂弟松了一口气，跳到嗓子眼的心重新落了下来。我们不贪那个心，希望它走得越远越好。一场大梦，恍恍惚惚，一条蛇在梦里出现，又凭空消失。

蛇虽走了，我却不敢继续待在电视房，担心它会再回来。接下来的大半天，我满村子找人玩，直到父母干完活儿回家才归屋。我告诉父亲，说家里来了一条大蛇。父亲不以为意，很不耐烦地打断了我的话。蛇怎么会跑到家里来，就算有，也不过是小蛇。山里人家，过一条蛇，有什么可惊讶的。"小孩见到大人卵，煮来有一碗"，他嘿嘿地笑着，一副蔑视人的样子。

一直很担心，我们睡着的时候，它爬进屋子怎么办？好在，接下来的几天，那条蛇并没出现。它大概走远了，这种担心有点多余，我甚至以为自己真的只是做了场梦，那条蛇从头至尾都没出现过。

夏天眼看就要过去了，空气中多了几丝温凉，夜里不再像以前那么热，觉也睡得更安稳了，至于那条蛇，似乎是很久以前的事了。一旦入秋，天变凉，蛇就不会那么焦躁，在村里乱走。也许真如父亲所说，蛇进村只是为了抓老鼠吃，夏天在村里碰到蛇是常事，它只是误打误撞闯入房间而已。

那天，一家人正在堂屋吃晚饭，一边吃，一边商量下半年的农事安排。因为雨水过多，早稻几无收成，父亲和母亲都很焦虑，对接下来该种点什么以弥补上半年的损失意见不一，我在边上有一句没一句地插话，就在我们争执不休时，两条蛇从大门外闯了进来。

它们进来了，行至吃饭的八仙桌前，冷冷地抬头看了一眼，在堂屋中大摇大摆环游起来。它们完全没把我们一家人放在眼里，好像是在自己家里溜达。这是两条并不很大的蛇，虽然表面并未露出什么凶相，也没发出危险的信号，可父亲看不下去了。老子的家，怎能让两条畜生招摇过市？父亲放下碗，走进房间，从抽屉里拿出他的军用匕首。母亲觉得用棍子将蛇赶出家门就行了，不要见红，她平时常说，进到家里的任何生灵都应善待。她想上前阻止，已经迟了。父亲已经手起刀落，其中一条蛇被斩成两截，只剩一丝薄皮连着，身体才没断开。另一条蛇感知到危险，飞速溜出了大门。受伤的蛇并未当场死去，甚至也没挣扎，而是拖着已成两截的身体，不慌不忙夺路而去。那条蛇像中了邪，被意念控制住了，受了如此重创，居然既不挣扎，也不反击，似乎从它身体里流出来的不是血，被砍断的也不是血肉之躯，那份冷静和坦然让人心矜凛然。平日打过不少野物，当然也包括蛇，却从未见过如此情状。

我们目送它们离开，并未赶尽杀绝。堂屋的地上留下一摊蛇血，在十五瓦的灯光下，鬼魅般呈现出深黑色，散发出一股腥臭味。我熟悉这种味道，那是两条大黄蛇，因为身上有那种怪味，又被叫作臭蛇。父亲勇敢地赶走了蛇，母亲却高兴不起来。她说了一通担心的话，我和哥哥听完后忐忑不安，食欲全无，早早地放下了碗筷。

它们为什么要来我们家？现在去了哪里？那天晚上，我一直在揣摩这些问题，久久不能入睡。家里两次遭蛇，事情确实反常，只是内心深处我仍然残存侥幸心理，希望一切纯属偶然，而母亲的话，也仅仅是她的慈悲心作怪。

母亲的担心终究未能避免。第二天早上，被父亲斩断的那条蛇竟盘旋着蜷缩在哥哥的枕头边死了，像几圈布带。哥哥和一条死蛇在同一只枕头上睡了整晚全然不知。看到那一幕，我的后背冷汗直冒。没人知道蛇是怎么爬到哥哥的枕头上去的，四周并无血迹。母亲埋怨父亲，说他不听劝，不该在家里打蛇。父亲却还不以为然，斥责母亲少见多怪。

村里的捕蛇人说，进到家门的蛇不能抓，更不能打，那是自家先人，他们在下面过得不好，逢年过节没从后人那里得到应有的献祭，才回来的。你们家祭祀一定遗漏了某位先人，他很不满意。母亲听完急了，骂父亲。父亲说她没见识，尽信些迷信思想，他还说，就算先人要回来，鬼节前后就回来了，用不着等到现在，如今鬼节都过去好多天了。父亲当过兵，还当过教书先生，只读过小学的母亲当然说不过他。

父亲嘴上那么说，胆气却不像开始那么足了，从他说话时谨慎的样子就可以看出。

父亲将那条蛇斩成两段的第三天，家里又来了蛇。这回更多，总共有七八条，它们不再进门，只在门口徘徊。我想起香港电影里的恐怖镜头——无数条蛇涌过来，将房子死死围住，其中有巨大如鳄鱼者，张着血盆大口。好在事情并没我想象的那么糟，它们在门口徘徊一阵就走了。

这些蛇一定和前两次的蛇有关，它们是来示威的吗？还是想替上次死掉的蛇报仇？……一切无从知晓，显现到我们身上的直观事件就是父亲的病。

父亲的病就是从蛇群来过之后开始的。似乎有异物进入他的腹部，在他身体里翻江倒海，而父亲则在床上翻江倒海，这个天不怕地不怕的汉子，被折腾得不成人形。办法想尽之后，母亲觉得只能去求满奶奶了，与蛇有关，与神明有关的事属于满奶奶的业务范畴。

满奶奶是村里的"娘娘婆"，日常的农事之外，主要司职鬼神之事。她的说法和捕蛇人一致，但比捕蛇人生动一万倍，好像一切亲眼所见。她说，她们家祖上有一位先人没留下子嗣，后辈每年上坟都把他忘了，他在下面过得很不好，很想念后人，想回来看看。因为她们家住在村口，他没到其他几个叔叔家去，只到了她们家，算是来传话。如今，父亲把他打死了，唯一的补救办法是为他风光大葬，披麻戴孝，如此这般，那位先人才不会怪罪，不但不怪罪，还会保佑我们。满奶奶的言说如同演绎一部神怪小说，丝毫看不到可信之处。可在未知面前，信与不信并不重要，重要的是如何求得心安，平息一切，这或许就是宗教的意义所在。

母亲为那条死去的蛇隆重殓葬，理了一个坟，烧香化纸，杀鸡去煞，守足三天孝，一切葬礼如人般待遇。父亲的病总算好转了过来。不管是巧合，还是什么，终究是好了。自那以后，父亲虽依然不信鬼神，却也不再坚决反对，更不会有意冒犯。

蛇与祖先到底有无关系？如果有，它是如何带着他们的灵魂回来的？

村里每过世一个人，用不了多久，坟头就会生出一个很深的洞穴。是祖先们化成蛇从坟里出来了，还是蛇进去吃了祖先的骨殖同时攫取了他们的灵魂？这一切只有等死后才知晓，也许有一天我也会变成蛇吧。到那时，要是我想念自己的家园和后人了，就回来看看，希望他们别像父亲那样将我来个一刀两断，那件事之后，我始终心有戚戚。

一年中，只有七八月间才是蛇回家的日子。虽然已被告知这并不是蛇的闯入，而是祖先们回家了，可一进入七月全家人就非常紧张，不知道这一年祖先会不会回来，或者，有多少祖先回来。他们想回就回了，毫无征兆，也毫无宣示。直到八月结束，我才确定祖先不会回来了，大概对我们所做的一切很满意，觉得没有什么需要额外嘱咐的了。

可现在，我不但不怕蛇，还很期待，希望它能经常光临这个家。

父亲离开我们八年了，自他走后家里从未来过蛇，不知道他在下面过得怎样。或许他早就来过了，在我们入睡的时候、聊天的时候、最忙碌的时候，只是我们没注意到。他害怕打搅我们，远远看了一眼就走了，觉得这个家一切安好，没什么可以交代的，这是我们的粗心，他从来不是一个爱热闹的人，也不是一个喜欢给人添麻烦的人……

父亲，你的儿子已经长大成人，并且结了婚，另外，我还想偷偷告诉你一件事，你的儿媳妇已经有了身孕，如果你在，很快就能当爷爷了。这个消息我谁都没透露，只想对你说，是的，对你一个人说，让你第一个知道，可你怎么就不回家看看呢？难道，你担心我们会像你当年那样，对进到家里的蛇施之武力，一刀剁成两段？父亲，不会的，要是有一天我看见有蛇进来，一定知道那是你，临终时我没在你身边，你一句话都没交代就走了，如果你来了，我要跟你说上一整天……

父亲，按照你对我的规划，如今我终于成了城里人。我见过这里的坟墓，整齐划一，全是用水泥砌的，蛇哪里进得来，又怎么出得去？而且，现在的城市变化太快，说不定啥时候整座坟山就被推平了，改建成别的什么。现在我总算明白，为啥村里很多人一进城就没了消息。他们今天在这个城市，明天又到另一个城市，死在哪就埋在哪，没有蛇，他们的魂灵找不到回家的路，死后全成了孤魂野鬼。

父亲，如今一年之中，只有岁末上坟时才能陪你说说话，然后，头也不回地远赴城市谋生，因为路途遥远，就算到了清明也没时间回去给你扫墓，你坟头的树苗已经长得比我还高了。你一辈子都向往城市，没想到最终把儿子弄丢在这里，连个说话的人都没有。就算变了蛇回去，也只能看看那座破破烂烂的老屋，你攒下的房子破旧得恐怕连你自己都不认识了。但我又不希望你来城市找我，每年夏天，街头的马路上会压死好多蛇，被汽车轮子压得面目全非，干瘪得如一张纸，如此单薄之物怎么能让灵魂安歇？他们一定是想进城见一见自己的儿子，却没想到会遭此横祸，成了无家可归之人，城市不是谁想进就能进的，何况是一条蛇。

不过父亲，你也不必太担心，到最后那天，我一定安排得妥妥当当地去陪你，这话我已经说过多次，你知道的，我一向是个说话算话的人……

橘　园

橘园最初和橘树毫无关系，它可以叫桑园、竹园或者其他任何名字，祖父觉得那里适合种橘树，它便成了现在这个样子。先有祖坟，然后才有橘园。

有一天，也许是祖父给先人上坟时，突然眼前一亮，便带着儿女将周围很大一块地方开垦出来，并种上了橘树。这是祖父岁末在火塘边告诉我的，他说这些的时候其实是在暗示一件事，那时奶奶已经时日无多。

是冬天。橘园众草凋敝，寒风洗礼之后，地面除了几根刺条，再也没有其他东西对大家形成阻挠。负责挖坑的人手脚利索，毫不费力就把事情干完了。等我们把坟理好，仔细看了一下四周，新翻的泥土并不耀眼，好像园里只是闯进一头牛或者猪，在这撒欢，刨了一小块痕迹。再走远一点，除了一个稍稍凸起的土包，也看不出多少差别。

奶奶死在了一个好季节，她没惊动躺在身旁任何一位祖先，就悄悄成了这里的一员。来年春天，奶奶头上的青草会长得格外细嫩茂密，只有到那时，祖先们才会发现，园子里的这个家添加了新的成员。奶奶在这里辈分最末，好比一个刚出世不久的稚子。这个冬天，我虽然没了一个奶奶，祖先们却添了一个好孙女。奶奶只是从一个家住进了另一个家，我们家的成员一个也没多，一个也没少。

园里的每棵树所占空间恰好是一个坟的大小，这是事先算好了的。每亡一个先人就砍掉一棵树，在原地挖坑下葬。任何一棵树都是我们未来的祖先，守住了橘树，也就守住了一个祖先。只要橘树在，祖先们就不会担心自己后继无人，我们也不会担心自己将来没有收容之所。如果哪棵橘树老了，或者被大雪压断，我们砍掉它，同时，在原来的位置再种一棵，绝不让地方空着。这件事以前由祖父做，后来由父亲做，以后就轮着我和我的儿子了。

村里人说，先人坟地安置得好坏直接关系到子孙的福荫。橘园在山脚下，背有靠山，前面是一片开阔地，据说，这是好坟地的共同特征。村里人都说我家坟地风水好，可我们家至今也没出什么大富大贵之人，从祖父到父亲、叔叔一辈，都靠自己双手吃饭，到我这一代，也没看出任何发迹之象，兄弟们大多唯唯诺诺，老实本分，不过想想，若是一辈子能踏踏实实地过日子，也算是心安了。

站在门口就能看见橘园里的一切，每天起来，我们都要先看一眼先人，然后才安安心心地干活，而先人们看见子孙这样生活，也一定会感到踏实。我们一辈子都走在从这个家到那个家的路上，因为从家里到橘园的路便当好走，我们的生活才一直从容不迫。每年七月半，祖先们都会回来一趟，看看他们建造的家是否还在，他们的后代身上还留有多少自己的影子。而不像有的人家，因为住得太远，先人们找不到回家的路，成了孤魂野鬼，到七月半那天出来吓唬小孩，害得别人去喊魂。

早些年，橘园每年能摘十几担橘子，山里贼多，每到临近丰收的日子，父亲会带着我去守夜。简易的茅草棚，马灯高高挂在树杈上，天一黑，蛐蛐就开始集会，星星也随着节奏闪烁。我躺在草棚里探出脑袋，天上的星星近了，被黑夜包裹的大地远了。风来时树叶沙沙作响，草木幽深的坟头有动静，不知是老鼠还是蛇，我拥着父亲禁不住打了个寒战。

我更乐意跟母亲守夜，她有讲不完的故事，父亲只有鼾声伺候。如果是母亲，漫漫长夜将在她的讲述中开始，"王小二上街""吃人婆"，还有比这更有趣的童谣："树上什么叫，懒虫（知了）叫；懒虫为什么叫，因为它嘴巴尖；犁头嘴还尖些为什么不叫，因为它是铁货……"如此循环，最后神奇地回到"懒虫叫"上来。大多时候还没转回来，我已经在她的讲述下睡着了。

如果是母亲该多好，没有故事的父亲不懂如何缓解我的恐惧。他只会说，不用害怕，这里都是先人，将来有一天，他顿了顿说，等我死了，也会埋在这儿，成为其中一员。他说的好像是一件和自己毫不相关的事，似乎死亡是一种游戏，随时可以进出。我觉得他的话是那么遥远，那么奇怪。

那是二十年前的事了，如今，一年之中只有岁末上坟时，我们和祖先才能得到难得的团聚机会。家族中任何一个后生，不管他离故乡多远，都要回来一起祭祖，完成死去的人和活着的人每年一度的团圆。当我们忙于工作，在遥远的城市各自为生时，是祖先把大家叫了回来，给了我们一年一次的团聚机会。

祖坟边有两座野坟，有生以来我从没见有人去祭拜。祖父说，他小时候就已经在了，他们或许比我们家先人还更早一步在这里落脚，后来我们家先人反客为主，不好拿他们怎么办。村里有人说，他们也是陈姓祠堂的人，后人去了广西黄沙河，好像还当了大官。也许是隔得太远，年代太久，后人把他们给忘了。如果那家人一直在村里待下去，繁衍生息，传宗接代，现在橘园的主人还说不定是谁呢。

有一年，一伙贼不知从哪里听到传言，说那家有人在外做官，偷偷跑来盗墓，把坟挖得很不像样。而旁边，咫尺之间，我们家先人的墓纹丝未动。无主之坟难保不遭受不测，这正说明了我们每年上坟的意义所在。每回上坟时我们也会顺手给那两座坟烧一些纸。这对夫妻真可怜，这么多年没人烧纸，他们在下面一定穷得叮当响，可能早就做了乞丐，或者强盗。给他们烧点纸，以免他们饥不择食跟我们家的先人抢钱用，也算是一种善举。

我曾想过，一棵树安置一位祖先，我们家的橘树那么多，要多少年、多少代才算完？这种规矩是否太多余，这么宽的地盘，何必斤斤计较。到那时我们的后人不知道身在何处呢，就像那两座野坟一样，迟早被人所遗忘。直到父亲去世，我才明白这个顺序的重要性。

父亲走在爷爷前面，没能给爷爷送终，按习俗，他的孝道没尽完，没资格埋进祖坟，我们只好给他另选住处，位置定在桐树坪。橘园那么大，有那么多橘树，每年秋天他都去守，可最后，他没能守住属于自己的一棵，我不能砍下其中任何一棵，像给奶奶挖坑一样也给他挖一个小小的坑。他没有这个资格。

我知道他现在一定很孤独，离开了每天习惯的家，却没融入另一个家，像一个可怜的流浪儿，无人收留，成了家族的另类。不过没关系的，父亲，再过几十年，不管我走到哪里，死在何处，我一定回来陪你，几十年对那边的你来说不过是一根烟的工夫，你就算再没耐心也要等一等啊，父亲……我时常提醒自己，除了目前所在的城市，在故乡蒿村我还有两个家：一个在橘园，另一个在桐树坪。

然而，我又很矛盾。我不能弃橘园不顾而独自去陪你，不知道有没有两全其美的办法，我一直在想这件事。

关于那扇门

推开柴扉，如同推开一扇内心的门。

秋日的下午，我独自来到橘园，蹑手蹑脚进去，生怕打搅在此安睡的先人。辣椒、茄子都已凋零，稀稀落落的干瘪的果实杵向天空，蝉声寂寥，有一声没一声地叫，满眼尽是荒凉。几只蝴蝶出来迎我，它们围着草尖颤巍巍地飞，偶尔颤一下身子，似在埋怨这么久也不来看望它们。麻雀在橘树枝头跳动，它们很警惕，也很狡狯，不时扭过头盯着我看。

我说过，要来此做一个隐士，结庐写字，惯看日月。我想好了，和祖先们在一起将剩下的日子过完，直到走的时候，再跟父亲埋在一块儿，这样算是两边都有交代。前些年村里马路修到了橘园顶头，而用水，早就不成问题，到那时，一定能做一个真正的陶渊明。

但现在，我必须到城里谋生，一年只回来一两次，而橘园不能撒手不管。母亲老了，用不了两年，肯定也得进城跟我们过，家里没有什么值得眷恋之物，房子是破陋的一栋，田也没力气再耕，只有橘园放心不下。早些年，有家人离开村子，村里人以为他们不会再回来了，在他们家的地基上建了新房，他们家过去的老屋也被人当作了牛栏，结果那家人突然折了回来，闹出了矛盾，我可不想让这种事发生在我身上，更不想让我们家的祖坟像园里的那两座坟一样，成为孤魂野鬼，遭人挖掘。

我和母亲商量，决心将橘园交给己旺打理，种什么由他，不荒着就行。交给己旺这样的老实人，我们放心。这么好的地，离村子又近，相信他一定不会挑三拣四。

园里共十九棵橘树，两棵银杏，篱笆边还有五棵棕树。早年，棕丝好卖，很多人专门种，剥下来换钱，后来棕丝价格跌下去，谁也看不上了，村里的棕树如今一棵棵全都蓬头垢面，顶着一头乱草。棕叶常年不剥，裹得太厚，它们迟早会喘不过气，憋死的。棕树死了没啥，我担心的是橘树兔死狐悲，跟着枯萎，万物有灵，谁也不能保证这一点，这件事必须交代好。

清点好一切，我转身离开。临了，轻轻关上园门，以此告诉别人，这是有主之园，它的主人随时会回来的。

一扇门关闭了，另一扇门打开了，行走其间的人带着永恒的恓惶与不安。

蜂季节

谁是主人

季节会吹来一些东西。吹来一捧谷，会长成一片庄稼；吹来一堆乱云，会带来大雨；如果吹来的是一群人，就会诞生新的村庄。我想，我们村大概吹来过很多蒿絮，它们留下无数种子，从此我们的土地便长满蒿子，所以就叫蒿村。季节在做这些事情时，从不过问人的意见，就像有一天它给我们吹来了一群蜂子。

七月，蜂群兴奋活跃，它们沿着季节的河流迁徙，季节在我们村停住了，它们也跟着停了下来，像有谁在这里立了一堵墙，蜂子越积越多，终于淤成一个深潭。有一天，我们发现村庄不再是人的村庄，而成了蜂子们的村庄，虽然谁也无法接受这一事实，可一切就摆在眼前。

蜂影绰绰是夏天的常态，先是三只五只，一窝两窝，进入七月阵势突然大了起来，到处都是嗡嗡声。起初我们并不在意，我们向来活得掉以轻心，不关心这些细碎的东西，大家有更重要的事情要做，一块农田，或者一个女人，轻易就把一辈子的精力耗费光了，哪有时间理会这些闲事。就算死了人，也不过喧闹一阵，摆几天丧酒，又各干各的去了。我们从不会为无法改变的事实而耽误眼前的事，我们都有正事可干。问题在于，一切大事都是在不经意间发生的，我们走着走着就把一条路走歪了，路已经不是原先要去的方向，可我们又不能折回去重走，活着活着就改变了本来面目，莫名其妙喜欢上某人，接着跟她睡在了一起，生了一堆娃……种地、吃饭、睡觉，难道庄稼人还有比这更重要的事情？如此看来，村庄突然被蜂子侵占，也不是什么天大的错误，我们一辈子犯的错多着呢，我们就是这么一路错过来的。

湘南，整个夏天都忙着打点庄稼，除草打药，收收种种，就在我们忙着所谓大事的时候，村庄的要害部位悄然被别人占据，它已不再完全属于我们。

天气太热，大家准备散早工。几个人扛着锄头、铁锹走在山道中，是谁的锄头触到了路旁灌木上的蜂窝？受惊的马蜂斜刺杀出，吹着冲锋号向人发起进攻，那些锄头、铁锹全成了累赘，毫无用武之地，他们一个个被蜇得浑身是伤，落荒而逃，连吃饭的家伙都扔了。

一样东西不给我们点颜色看，不让我们感到疼，我们就不会正视它。疼过之后查看家园，人们才发现，屋檐下、横梁上，以及牛栏的柱子上，四处挂着斗笠似的蜂窝，它们在热风中摇荡，像一枚枚手雷将我们包围。夏天屋里有一两个蜂窝不足为奇，但从没出现眼前这种情况，势态的严重程度超乎所有人的意料。在这种状态中过日子，一旦有什么地方不如蜂子的意，犯了它们的忌，肯定会遭到毒针的伺候。如此一来，我们就成了在马蜂身下讨生活的人，一切得看它们的脸色行事，虽然村里人一向胆小怕事，但绝对不能容忍被一群马蜂欺负成这样。

这有限的家园是祖祖辈辈好几代人积攒下的，任何一片瓦，一根柱子都经历了无数风雨，这点家业耗费了我们的毕生精力，绝不能让马蜂们坐享其成，反客为主。就算我们答应，先人也不会答应，将来有一天在下面见到先人，说自己是被马蜂赶下来的，我们将颜面扫地。

可村庄真是我们的吗，在我们到来之前又是谁的呢？也许是牛的、羊的、狼的，又或者老虎的，可能真是蜂子们的也说不准。就像那块地，我们说是庄稼地，它一年四季都种着庄稼，但仔细想想，那些被我们除掉的杂草远远超过了收获所得，我们不过在自以为是。虽然只活了不到半辈子，但我也知道一些简单的道理，村庄不会老属于某个人。最开始是地主刘四的，村里几乎大半田地都归他，后来刘四被打倒了，地也分了，村庄自然就成了大家的。再后来村主任牛了起来，大小事情他一个人说了算，村主任说咋干就咋干，他说今年多种玉米就多种玉米，多种水稻就多种水稻。再之后，李二麻子生了一大堆儿子，他在村里耀武扬威，动不动就跟人露肘子，比皇帝还霸道，队里开会商量什么事，也数他们家人说话声最大，但你能说村庄是他们家的吗？大家口服心不服。为了在村里取得发言权，大家都想多生几个儿子，偏偏国家搞计划生育了，只准生一个，过了三十年李麻子也牛不起来了，大家都一样了。最后呢，谁都不搭理村庄了，没有谁再为小便宜争来斗去，嫌累，出力不讨好，年轻人纷纷进城打工，他们觉得那里才是属于自己的天堂。难道蜂群知道我们村现在人丁单薄，村主任都选不出来，所以如此胆大妄为？这样看来，谁强大，这个村庄就是谁的，现在蜂子最强大，村庄就成了蜂子们的，但我们好歹还要在村庄住下去，不得不把村庄从蜂子手上夺回来。

"这咋成？我活了七十岁，难道还让这把老骨头搬家？"细狗爷爷说。

"秋风凉就走了，庄稼忙成这样，"马癞子说，"哪有工夫管这茬。"

别看马癞子平时爱跟人打嘴仗，其实是个胆小怕事的人。

"老祖宗弄点家业容易吗，不能便宜了它们。"

"就是，在自个儿家里还要低头矮人一等，那不成笑话了。"

……

有人主张睁一只眼闭一只眼将就着过，他们觉得几窝蜂子算不上啥，这么多年我们干啥不都是让人三分，多让一次也无所谓。有的人则愤愤不平，骂咧不止，但没有谁提出来什么合理的解决办法。是陈六站了出来。"咱要是连自己的家都保不住，那就不太好了。"在场的人都笑了起来，没人把他的话当回事。

陈六一辈子没做成啥像样的事情，自己的一亩三分地都种不好，一天到晚游手好闲，四十几岁了还像个老小孩，村里平时商量啥事，根本轮不到他插嘴。大家笑完了继续商量，但商量来商量去，还是没人想出行之有效的办法。有人说，交给陈六试试也行，反正他也不干正事，大家忙得不可开交，村里没有人比他有空。在他们看来，这么多年陈六没找到一件值得一干的事，没准这件事合适他。

疼痛的村庄

村庄在喊疼，痛苦的呻吟和尖叫声常常将午睡中的我惊醒，我爬起来一看，它已被蜇得遍体鳞伤、面目全非了，成了一个扭曲变形的村庄，完全不是平常熟悉的样子。

今天腿上被蜇一针，走路摇摇晃晃，干活也慢人半拍，如果不是年初计划安排得当，下半年种庄稼都要耽误了；明天脸上又被蜇了，满脸红肿，简直无法见人，村里原本计划要办的喜事只能往后延期，生怕在外村面前出了丑。万一哪天它的命根子被蜇，我们村恐怕就要断后了。从这个角度来说，陈六干的这件事，看起来是小事，其实意义重大。

我十岁那年，陈六带领一群孩子在村里风风火火大规模掏蜂。陈六这人无人能说清，他是村庄的一个特例，几十年没交上一个舍命的朋友，但他似乎跟谁都扯得上关系。说他傻，他能想出很多稀奇古怪的主意，而且他儿子很聪明，常从学校领奖状回来，傻子爹不可能生出健康的儿子来。让陈六干这件事算是对了，他的鬼主意闲置多年，总算得到了一个施展的机会。

蜂忌火，可它们爱把窝结在屋子里和干柴上，难免让人投鼠忌器，万一把房子点着，就得不偿失了。起初我们并不知道用火对付它们，只会用竹篙捅，结果没捅几下就被它们发现，引来群攻，而我们却只知道一味逃命。人哪能跑过蜂呢，于是，无不落得浑身是伤，有一回猫子被蜇了七八针，脸肿得像个猪尿泡，要多难看有多难看。后来才摸清蜂子的性情，它们只会跟着风跑，人一旦伏倒在地，不搅动周围的空气，它们就只能在半空中瞎转，拿我们毫无办法。我怀疑它们的眼睛是不是白长的，此外，有没有鼻子。

我们掏蜂窝时，习惯用厚布蒙住头脸，只有陈六别出心裁。蒙住头和脸虽然安全，自己不也成了无头苍蝇了吗，他说。他的办法是，用透明的塑料袋蒙头，憋足一口气，迅速而准确地打落目标。事实证明这个办法切实有效，我们想学，结果无人办到，我们的肺活量太小，憋不了那么长的气。陈六说，他还有一个更好的办法。我们问，啥办法。这办法简单咧，用尿和一把稀泥糊在脸上就成了，尿治蜂呢。我们听了面面相觑，这能行？我不敢试，有人试了，真有效，还回去向父母报告。结果那家大人上门把陈六臭骂了一顿，陈六笑笑，我说着玩呢，没想到他会当真，呵呵。

蜂蛹是掏蜂者的最大赏赐。蜂蛹比蚕蛹味道更香，肉质也更好。想得到最好的蜂蛹，时机的选择非常关键，掏早了蛹还太小，掏迟了它们长出翅膀，又老又硬根本不能吃。毒针的危险增加了这项活动的吸引力，只有在痛过之后，才能获得虎口拔牙的成就感。风中蜂窝的摇摆幅度为我们提示了蜂蛹的成熟程度，身经百战的我们能准确拿捏其中的火候，如同高超的乐师凭借音色分辨出乐器的好坏一样。捅掉蜂窝之后，仍有不少蜂子围绕在蜂窝上方不肯离开，它们决定为之做最后的殉道，那场景是壮烈的，与那些树倒猢狲散、大难临头各自飞的蜂相比，它们让人无比敬佩。

白花花的蜂蛹剥出来时柔弱笨拙，身躯不停扭动，可爱又可怜，一点看不出它们会在不远的将来演变成剧毒之物。油炸蜂蛹是最好的下酒菜，我却更喜欢装在竹筒里烧，听它们在里面爆出啪啪的炸响，然后，像爆米花一样倒出来。村里的狗闻到香气，经受不住诱惑，蜂拥而来，它们只配闻一闻，狗没有出一份力，受过一点蜇，我们村没有不出力就吃白食的先例。

我掏过各种各样的蜂窝，斗笠状的，半月形的，像蜜蜂一样层层叠叠的，还有螺旋状中空的，那些形状与众不同的蜂窝有着如同沙里淘金般的诱惑。难怪当陈六发现鬼头蜂时，整整乐了一天，见谁都像捡了多大便宜似的。

那天他在蜂窝前守了好一阵子，虽然什么办法都没想出来，还是心情畅快，喜笑颜开。那真是前所未见的漂亮玩意儿，人头大小的蜂窝，圆得非常规整，五彩斑斓，耀眼炫目，在太阳下闪闪发光，上面的图案像无数太极旋涡。瞧瞧人家的屋子，再看看我们自己住的，那算什么东西，简直就成了一堆破砖烂瓦。难怪陈六笑得那么开心。陈六想完整无缺地得到那个美丽的东西，可是蜂窝结在一蓬柴枝之间，周围长满了刺，位置很低，既不好用棍，更不好用火，要想得到一个完整的蜂窝难如登天。

陈六让大家都帮他想法子，我们想不出什么法子。那蜂窝只有一个拇指粗的小孔供蜂子出入，它们稀稀落落地进出，看不出其中深浅，不知道里面到底藏了多少蜂子，让人有些高深莫测。鬼头蜂粗短精悍，个头是马蜂的三倍，身上的颜色非常漂亮。越美丽的东西越可怕，鬼头蜂跟以前见过的蜂子不同，它们会主动攻击人，飞过来时伴随巨大的呜呜声，像吹冲锋号，单这阵势就远远超过了其他同类。近距离观察时，有人被蜇了，脸肿了很大一块地方，起的坨也很硬，中心的那根毒针深深扎进了身体，不像平常那样能挤出来。它的毒液散发得快，消去得慢，服药七八天都不能痊愈。

"用竹篙捣烂它算了？"

"扔石头砸？"

"砸烂你的头！"

……

陈六对我们的想法嗤之以鼻，他铁了心不让那个美丽球体受丝毫的损伤。陈六从马癫子那儿借来了冬天抓鱼用的皮靴，上身穿了一件厚厚的皮衣，只有脑袋找不到合适的东西，他不能像以前那样套个塑料袋，在刺蓬中摘除蜂窝不是憋一口气就能完成的。后来，他在头上缠了一层厚布，单单露出两只眼睛，在接触蜂窝的一瞬间，用手将眼睛罩住。谁都没有想到鬼头蜂的针那么长，那么硬。那些毒针刺穿了布层，在他头上扎了好几下。陈六被蜇得哇哇直叫，头肿得大了一半，看上去像个裂了口的冬瓜。即便如此，他还没忘记拿他的战利品向我们露出得意的笑，这让他的样子更加无以名状。他只笑了那么一下，没有力气再笑下去，鬼头蜂的毒针险些让他命丧黄泉，一个月之后才康复。

捡回一条命的陈六没有停止掏蜂，反而和蜂子们较上了劲，甚至可以说，他漫长的掏蜂事业正是由此开始。每到夏天，目光如炬的他在村里到处晃悠，以发现蜂窝为己任，他深深地陷在了无穷无尽的蜂窝事业中，乐此不疲。

陈六平常干啥都东一榔头西一棒子，这回终于找到了一件值得干下去的事情，不知道是好事，还是坏事。

比人还大的蜂窝

牛屎蜂出现在村里时，季节已进入秋天，我猜想，它们一定以野果为食，食量很大，只有到秋天才能满足它们。

村东头的那棵酸枣树有问题，隐隐感觉有啥东西挂在上面，开始以为是个老鸦窝，没太注意。有一天，我赶羊从树下走过，发现地上有一个巨大的投影，难道大风把谁家地里的稻草人吹到树上去了？可村里最近并没刮什么大风。我扭头朝树上张望，只见高高的树杈之间夹着一个巨大的黑乎乎的东西。这是啥呢，咋跑到树上去了？走近一看，才看清那家伙竟然是一个蜂窝，比一个成年人的体积都大，像两百斤的大胖子。前几天还只像个老鸭窝，没想到几天工夫变得如此巨大，这群蜂子修建屋子的速度比蜂窝本身还让人感到恐惧。蜂窝上蠕动着数不清的蜂子，我认识它们，那是一群牛屎蜂。牛屎蜂的蜂窝是蜂类中最大的，可平常再大顶多也就脸盆那么大，像人一样大的我从没见过。我把这个发现告诉其他人，结果连村里年纪最长的人也没见过如此大的蜂窝。

突然出现这么一件异物，村里的气氛变得不同起来。大家担心，是不是要出什么乱子了，村里人哪些地方没做好，上天派了这窝蜂子来惩罚我们？通常某些超出常规的东西出现，必然会人心惶惶，坐立不安。可村里最近并未发生什么大事，也没谁做过冒犯天威的举动，大家找出来的最大问题是陈二把赵四的老婆给睡了，这样的事情啥时候没发生过呢。人们思揣不定，终归一无所得，但他们还是相信，这个东西的出现是有原因的，至于到底是什么原因，时候到了自然会大白于天。

这么大个玩意儿就那么挂着，迟早会出问题的。它的位置太高，离地有五六米，悬在半空，用竹篙是使不上劲的，谁也不知道他们被捅之后，会有怎样的反应。用火也不方便，如果不能一举把整个蜂窝烧掉，逃掉的蜂子会带来无法预料的后果。对此，我们没有任何前例可以借鉴，掏蜂掏了几年的陈六此前从未掏过牛屎蜂。这是一种少见的蜂子，它们喜欢把窝搭在高高的树杈上，平日不太介入我们的生活，即便有人看见也不会去管。这种体型巨大数目众多的蜂子，对我们来说是陌生的，就像村子在晚上突然来了个生客，人们不知道他心里在想啥，想要干啥，全村没一个人睡得踏实。那好歹还是个人，如今面对的却是一窝高高在上、硕大无比的蜂子，它们毫无动静，就已经给村庄带来了无形的压力，一旦闹起来，究竟会出什么乱子，谁心里都没底。

大家议论纷纷，不知如何是好。陈六在蜂窝下转来转去，观察了好几天，想不出半点办法。那窝蜂子像一个巨大的问号悬在了一村人心里，同时，又像挂在山上的一盏不能发光的灯笼，大而无用。

过了一阵子，村里又有几个地方发现了牛屎蜂，蜂窝一个个全都巨大无比，看着让人内心凛然。村里人再也按捺不住了，无论如何都要有所行动。

陈六说，先试探一下。

陈六说的试探，是远远地向蜂窝扔石块，石块击中目标，人趴在地上不动，观察动静。我们听见了一阵巨大的嗡嗡声，声势浩大，震耳欲聋，像近距离俯冲过来一架飞机，半空中一片麻点，数不清的蜂子从窝里出动了，那场景看得我们目瞪口呆。它们没将趴在地上的我们选为目标，却蜇了一头在附近吃草的牛。牛被蜇痛后撒腿飞奔，蜂群也跟在牛后飞奔而去，接下来，再没听见蜂鸣，只听见耳旁不停传来牛的惨叫声。那头牛后来被蜂子蜇得全身浮肿，面目痉挛，眼珠暴突而死，情状十分恐怖，我从未见过那么痛苦的表情。那是一头皮厚毛粗的老牛，换作是人，后果可想而知。

当晚，陈六做了个梦。梦中，那些牛屎蜂是为他而来的，那些年，他掏了无数蜂窝，牛屎蜂是蜂类中路见不平拔刀相助的江湖好汉，专门为同胞报仇而来，它们吸取了先辈的教训，团结起来一致对人，所以才有如此大的规模。它们不认识陈六，错把牛当成了他。

那头牛可是替我死的呀，陈六说。

陈六把他的梦说出来后，大家才松了一口气，但并未放松警惕，依然悬着一颗心。跟蜇死牛的东西生活在一个村庄，谁不提心吊胆呢。

后来，不知从哪儿冒出来几个专业捕蜂人。他们有专门的设备，刀、钳，还有特制的衣服，很轻松就把盘踞在村里的蜂窝都摘了下来。蜂蛹倒出来时，白中透黄，和地里的土狗一样大，一窝净重三四斤，他们说，这可是难得的好东西，值三四千块呢。围观的人啧啧称奇，他们完全忘记了不久前的惨剧，为错失这么大的收入而感到遗憾，只有陈六一言不发，转身走了。

那年我十八岁，第二年便离开了村庄。我离开村庄后，陈六还在掏蜂窝，有的人爱抽烟，有的人爱喝酒，他爱的是掏蜂窝。他已经习惯了这个，无法停下手来。他只掏屋檐下的蜂窝，户外的再也不去管了，死里逃生一回，他心里有了些许敬畏。

陈六之死

陈六死了，死得突然而蹊跷。母亲在电话里跟我说这些的时候，带着同情和悲凉的口吻，他是被蜂子蜇死的，算不得好死呢。母亲之所以这样说，是因为陈六虽然吊儿郎当，但算是个厚道人，在村子里活了六十年，从没和人吵过狠架，也没得罪什么人，在母亲看来，这样的人不该得到这么个死法。

陈六死在一个春天。山里的春天很少有蜂出现，我想，他终究没逃过来自蜂的劫难。

那个早上天气很好，天蒙蒙亮他就把牛赶出牛栏上山了。过了六十，陈六除了给儿子放放牛，再无其他事可干。年轻时，该干正事的时候他都没干，现在就更轮不上他了。吃早饭时，两个儿子没见他回来，以为只是迟点，这是常有的事，等到中午还没见他的影子，儿子就急了。他们上山去找，半天未果，只见牛自个儿在山里吃草。儿子感到事情有些不对，回来发动乡亲帮忙寻找。他们在刺蓬里找到了倒插蜡烛的老头，像拔萝卜一样将陈六拔了出来。陈六全身青紫，脸尤其肿大，是被蜇死的，从死状可以想见当时被蜇得像无头苍蝇般扎进刺蓬中的情形。蜂子们一定是醒悟过来了，知道当年弄错了对象，受了骗，被蜇死的是头牛，而不是它们要找的陈六，时隔多年之后再重新回来了断那段恩怨。我觉得它们应该去找那些从外面来摘蜂窝的人，而不是陈六。既然有牛自愿替他死，他的债就算还上了，但蜂子不会算账，它们只记仇。

我在脑海中打捞陈六的模样。那是一张不管多大年纪都带着童心的脸，这个看着我长大的人，就像孩子中永远长不大的那个。我跟随陈六掏蜂窝，到长大离开村子，这期间，很多人都离开了村子，有的人过年时回来瞧瞧，有的人再也没见过，只有陈六依然像小孩一样掏他的蜂窝，一年又一年。一个人要是坚持干某件事，迟早会干出点名堂，但他啥也没干出来，却一直乐此不疲。他唯一的成就是，一辈子将一件玩乐事干成了正事。这么多年我们已经习惯了他干这件事，没了陈六，村庄将来会是什么样子？会不会到处挂满蜂窝，到处都是蜂屎，每天生活在恐惧之中？这些年他以一己之力跟蜂子作斗争，是绝对的孤胆英雄。难怪他儿子说，我爹是替你们死的。村里人不爱听这话，但我觉得这话没说错。

陈六死后，村里的人再也不准小孩掏蜂窝了，他们怕自己的孩子像陈六一样遭到蜂子的报复。从今往后，那些对蜂子唯唯诺诺的人，看见蜂窝绕道而走，用不了几年村里将到处挂满蜂窝，为了不惊扰屋檐下的它们，即便在自己家，也要弯腰弓背，平白无故矮人三分，如此一来，他们将老得更快。就算他们不老，村庄也会老，村庄本来只住人，以后却要住进那么多蜂子，必然不堪重负，村庄老了，他们想不老都不成。如果那样的话，人们会不会被迫搬家？把整个村庄都让给蜂子、草木和鸟兽居住，自己选择背井离乡到别处开辟新的村庄，以前村庄不就是这么来的么？将来村庄到底是谁的，还真不好说，现在都不好说，何况将来……

其实，村庄从不属于任何人，既不是人的，也不是蜂子的。村庄就是村庄，它为众多生灵共有，谁走谁来，它不会繁荣一点，也不会荒芜一点，我们和万物一样，都只是短暂的借宿者，我们漫长的一生不过是村庄眼前的短暂一瞬，谁想据为己有都是徒劳。以前，有个聪明的村主任快死了，他担心自己死后村庄怎么办，结果，等他死后，子孙们的生活更好了。陈六简直白忙活一辈子，他掏不掏蜂窝，对村庄一点影响都没，村里所有人都白忙活了，他们以为村庄是他们的，其实他们什么都得不到，人一辈子这么短暂谁又能真正守住啥呢。

关于夏天的五种隐喻

饮 者

父亲喜欢用大碗喝酒。不是因为他能喝，恰恰相反，他总喝不过人家。父亲的酒量只能算中等，既然喝不过人家，干脆用碗，连干三碗，大家一块儿倒下，谁也别笑话谁。这便是当过兵的父亲的逻辑。

父亲最终还是被笑话了。那天他在隔壁大队喝完酒，走到半道，酒劲发作，没力气再爬坡，倒在一旁睡了，一直睡到天黑。当他醒来，摇摇晃晃走在回家的路上，不知屁股后面坐了一泡牛屎。这事被村里人当作笑话说了好一阵，父亲觉得很没面子。他是个讲体面的人，平时总教育我，站要有站相，坐要有坐相，这回，居然坐了一泡牛屎回来。母亲也觉得没面子，父亲是村支书，他应该被尊重，而不是被笑话。

鉴于父亲太容易喝醉，母亲吩咐我，以后父亲出门，我就在后面跟着。我们村里山上时有野兽出没，就算没野兽，牛羊过路时一脚踩在上头，那也是不堪设想的……

记忆中，有几年，父亲喝酒的时间非常多。尤其是夏天，那个季节总死人，父亲不得不从农忙中抽出时间，替人主持丧事。父亲是村支书，村里的红白喜事他必须参加。这种时候，大厨会拿出自己的看家本领，他们请父亲去，我也跟着四处混吃混喝。夏天，酒容易醉人。父亲知道自己的酒量，通常，一吃完饭便快速离席，生怕走得慢了，酒劲上来，会醉倒在桌上，那样会很没面子。

父亲在前面走，我在后面跟，走着走着，父亲突然站立不动，然后，"扑通"一声，倒地就睡，并且打起鼾来。父亲的鼾声粗暴，无礼，像是费了很大劲打出来的，可他分明一动不动地躺在地上，肚皮像沙丘一样有序地起伏着。

我找了一处树荫在一旁守候。烈日高照，睡过去的父亲对头顶的灼烧毫无感觉，他的鼾声与四周狂躁的知了声遥相呼应。我想替他驱赶虫蚁，可后来发现，即便蚂蚁爬满他的全身，他也没有任何不适。父亲从来不会因为这样的原因醒过来。他睡得实在跟死人没什么两样。荒野茫茫，只有我和一个醉死过去的父亲。布谷鸟叫得人空空落落，猫头鹰的声音更让人心里发毛。猫头鹰是丧门星，据说它们一叫准没好事。想到这，我不由得心生恐惧和无助。

这一切，父亲一无所知……

一条银环蛇迈过草丛朝我们游了过来，它吐着长长的芯子，眼睛里泛着红光，我赶紧折下一根柯条驱赶。蛇到底还是跑了，我却吓出了一身冷汗。

这一切，父亲依然一无所知……

父亲一直沉睡着，直到天上响起惊雷，一场大雨降临，他才从茫然中坐起身来。这是阵雨，只下一会儿，很快又是艳阳高照，可这一会儿工夫却把我们淋成了落汤鸡。于是，那天下午，一只大落汤鸡带着另一只小落汤鸡垂头丧气地回家了。

……

烈日。暴雨。潮湿的地气。天黑时爬上草尖的露水，也爬上了他的身体。它们从不同渠道进入他的体内。那个时候父亲年轻，身体也壮实，喝酒之后胸膛滚烫，满腔热血，当然不怕它们。年轻的时候父亲不把病当回事，老了，病也就不把他当回事。刚过半百，他已垂垂老矣，各种疾病合起伙来欺负一个将要老去的人。母亲常说，当年嫁给父亲是被他的表面功夫骗了。别看他相貌堂堂，书也读得高，却丝毫不会持家，因为当兵时受过重伤，就连喝酒都喝不过别人。

我的父亲生于一九四九年，是共和国同龄人，他从小就会读书，以全乡第一的成绩考到县一中。爷爷奶奶以他为荣，家里穷，几个兄妹只供他一人，卖了牛送他到县里读书。父亲的成绩一直名列前茅，可是高三那年"文革"来了，高考被取缔了。之后，父亲去了部队，因为文笔好，在军区报和《人民日报》上发了不少文章，很快转成文艺兵。本以为会在部队待一辈子，但在那场运动中，父亲被人告发，说他祖上毕业于黄埔军校，被要求转业，当时父亲已经享受营长待遇。那个所谓的黄埔军官，跟我们家血亲离得很远，家里从未有人见过他。

父亲从军队回来，不久后跟母亲结了婚，然后和几个战友去了云南。

父亲原本在云南那儿干得好好的，他那个在县里当组织部长的舅舅突然给他写信，说回来后能安排工作。父亲觉得只要能安排工作，回来当然好，可以一家团聚。可是，等父亲回来，工作之事成了空头支票。这已不是他第一次许下空头承诺，当年父亲离开部队，他也说可以安排工作，否则父亲就算离开部队，也有稳定的去处。父亲的工作没能解决，只好窝在村里种田。因为这，父亲到死都没原谅他。舅爷爷去世那年，父亲甚至不让我们去拜祭。那个面相看起来无比和蔼可亲的舅爷爷，怎么会欺骗父亲两次呢？舅爷爷死时场面冷落，和他生前的荣耀相去太远。因为就连他自己的儿子也像我的父亲一样，是被他耽误的。

那时，我读初中，哥哥读高中，学费一天比一天高，家里除了田地没别的收入，父亲的身体也出现崩溃迹象。这一切都成了他醉酒的理由。

父亲的酒不是装在碗里，他装酒的东西远比桌上看到的那只碗要大，要沉，无人能解。

父子之书

蔡东藩的历史演义，六卷本《鲁迅选集》，竖排线装版《红楼梦》，这些书是父亲的心爱之物，他每天中午吃饭的时候都要看一会儿。一边抽水烟筒，一边看书。早些年，母亲对他的这个爱好听之任之，饭做好了，才催促父亲吃饭。后来，她再也无法忍受。

一个农民看那么多书有什么用？

"没用！"母亲说。

农民就该有农民的样子，要会安排生计，学习怎么伺候庄稼，怎么养家糊口，而不是看乱七八糟的书。即便双抢最忙的时候，他也要抽空翻上几页。脚上沾着泥，一边扒饭，一边翻书，模样滑稽。

一个农民看那么多书有什么用？

"没用！"我们都这么认为。

父亲也这么觉得，就算有用，也是坏处，他说："书都读到哪儿去了，不听老子的话！"

我们家需要一个持家有道的父亲。他当支书的那些年，像在忙国家大事，乡政府总有开不完的会，有各种政策需要落实，有时他们会派人到田里来找。为抓计划生育，父亲常常几天不归屋。一到我缴学费，父亲便六神无主。他最大的兴趣不是挣钱，而是看闲书。

对我的求学之路，父亲心存矛盾，完全不像对待哥哥那样坚决。

初二下学期，期末考试结束，学校发下来补课通知，有我的名字，父亲很不高兴。"平时不努力补课有屁用，猪吃得再多还是猪，"他还说，"你这学期不是考了全校第二吗，还补课？"我告诉他，这是冲刺班，为了让更多人考上县一中，学校专门挑了尖子生提前补课。县一中是省重点中学，只有考上省重点中学，上大学才有希望，其他几个学校加起来，一年也考不上几个。考不上大学，读高中等于浪费钱。

然而，父亲还是不高兴。我去补课了，家里就要少一个劳力，十几亩田，还养了一群羊，双抢哪里忙得过来。父亲越来越胖了，爬个坡气喘吁吁，干活弯不下腰，手脚迟钝，割禾、插田我能抵他三个。我不在家，他就有得受，这完全不在他的计划之内。最不在他计划内的是另一件事。以前只有哥哥一个人成绩好，每年捧回来很多奖状，几乎把家里的墙壁贴满，而我，年年考试摸牛尾巴，在学校只会闯祸。不过，他头疼归头疼，心里对这种状态却很满意。他早就想好了，学费贵，家里一个儿子读书就行了，以后考大学吃国家粮；至于我，长大了在家种田，留在身边养老。两个儿子，外面放一个，家里留一个，这种安排无可厚非。只是，后来我的成绩突飞猛进，一下从班里倒数几名蹿到全校前几名，我没想到自己会有这么一天，父亲也没想到。他拿着成绩单，措手不及，很不相信地问："兔崽子，你不会是抄的吧？"

我的成绩每前进几名，父亲心里就咯噔一下，当我慢慢将奖状往家里领，他彻底慌了。他开始担惊受怕起来，寝食不安，好像家里埋了个定时炸弹，随时会将他炸死。他每次拿到成绩单，就像拿着个烫手的山芋。到初中，我的成绩持续排在前列，这简直让他惶惶不可终日。

那年暑假的补课班，出了一桩意外。分派给我们的班主任是个暴力狂，喜欢动手打人，大家非常不满，联合起来罢了课，这是学校历史上第一次罢课，发生在一群所谓的好学生身上。父亲见我从学校回来，没问原因，非常高兴，因为我回来可以帮家里搞双抢。

双抢接近尾声，那天早上九点多钟，我们正在吃早饭，学校领导突然出现在我们家。唐校长，还有一个副校长和总务主任，开吉普车来的。父亲和母亲面面相觑，莫名其妙，搞了半天才弄明白，校长是来请我回去上课的。在我读书这件事上，父亲一直患得患失，只有那一次令他感到脸上有光。我们村还没有谁能让校长亲自登门请去上课，被开除遣送回家的倒有好几个。

可是父亲非常尴尬，唐校长是他的发小兼高中同学。唐校长来的时候，西装革履，皮鞋擦得油光发亮，而父亲，正端着一个大碗扒饭，碗里的饭装得满满的，面上盖着一块肥腻的粉蒸肉。因为刚从田里出来，吃完饭接着要下田，父亲打着赤脚，腿上的泥都没洗。看到他们来，父亲一脸惊讶，不知所措。当年父亲成绩比唐校长好，是他的班长，如今，一个天上，一个地下。

那天唐校长走后，父亲捏着拳头说了一句狠话："要么别读，读就攒劲，给老子读出个名堂来！"那是父亲第一次对我说鼓励的话。

我似乎读出了一点名堂。接到县一中录取通知书那天，一家人在田垄拔稗子，邮递员很热心地将通知书送到田间，母亲接的。她没上田埂，而是走到一边，站在水里就拿过来了。当她看见封面上写的是县一中，满意地笑了。不过，母亲的笑容并没维持多久。她拿着通知书痴痴地看，嘴里念念有词，书本费多少，住宿费多少，学费多少……加起来一共多少。

母亲双手僵硬，愣在那儿有好一会儿工夫，好像那张纸有千斤重。父亲听到母亲最后算出来的数字，表情苦闷，喃喃自语道："以后家里的羊只能我一个人去放了？"父亲总是希望我能更多地替他分担放羊的时间，我要是读书去了，羊就得全靠他一个人。

三年后，当父亲看到我的大学通知书，他的表现与之前惊人的相似。他先是一股自豪，壮怀激烈，"我没读成大学，现在我的两个儿子都要上大学了！"接着，就嗒然若丧起来。他拿着通知书，第一时间不是看学校在哪里，路程有多远，怎么坐车去，而是仔细寻找到助学贷款那一栏，研究了半天。有过哥哥的先例，他对大学已经不像以前那么有新鲜感了。以前，父亲确实有个心结，他没读成大学，这是他这辈子最大的愿望。可愿望只有一个，来一回就够了，来两回的话，就会显得多余。

"等送你们读完大学，估计我也要死了，到时候死了好瞑目。"

父亲一边说一边抬头看天，嘴唇轻轻一撇，从容，淡定，仿佛很希望那天来临。这句话看起来像玩笑，却又像让人无法反驳的真理，因为他说这话的时候脸上露出惨烈的笑容。

孤独的水壶

大二那年暑假，父亲出了趟远门，到外地打工。

距离他从云南回来二十年了，这是他第一次到外面的世界去。父亲是经过了一番内心斗争，抱着极大的希望出去的，到东莞，干苦力，给人修高速公路。他要证明自己不是废人，能为这个家出力，能为儿子挣学费钱，这样我们就不会看不起他。此前他大概从未想过，年近六十，居然会踏上打工之路。

可惜，路修到一半，包工头卷钱跑路，人不知所踪，活儿也只干到一半，工资无处索要，只好打道回府。回来的时候，他像个货郎担，把从家里带去的生活用品，以及在那边买的坛坛罐罐、锅碗瓢盆，都打包带了回来，用纤维袋装了两大袋，不知从哪儿找来一根不合格的蹩脚扁担挑着。因为没挣到钱，他舍不得丢弃这些东西。匆忙中父亲弄丢了一块脸帕和一双解放鞋，他说，脸帕是被风刮走的，鞋子一定是被旁边工地上的王八蛋拿了！车子发动以后，那个军用水壶不知为何突然从袋子里滚了出来，父亲不等叫停汽车，从窗户一跃而下，这个举动把同行的人吓得半死。

那个水壶是父亲的宝贝疙瘩，从部队带回来的，跟了他近三十年，比我的年纪都大。在外面遛了一圈，失而复得后，父亲变得更加珍惜。有几次他将水壶放错地方，疑心是我们故意藏起来了，那神情和模样就像一个孩子在寻找丢失的玩具。当一个人表现出如此孩子气的时候，说明他真的老了，脆弱得需要靠这种小东西来支撑自己。

水壶旧了，很多地方表面凹凸不平，绿漆脱落得十之八九，但依然耐用，因为它是金属做的。相比而言，父亲的身体老得才快。高血压，气喘，早年的腰伤也隐隐作痛，五十岁之后成了一个药罐子。

没了强壮的身体，父亲的脾气也有所改观，只要不刻意激怒他，大部分时间表现得很安静。他清楚地知道，如今自己在这个家是什么位置，只要发表意见，就会遭到迎头痛击，他不得不选择沉默。当然，有时候他仍然会毫无征兆地摔碎手上的饭碗，震慑我们，以此强调自己的存在，捍卫一下作为父亲的尊严。

以前看电视，一到播地方新闻，父亲会忍不住插一句，某某县长，还有某某副省长是他高中同学。后来，他再也不说了。那些同学都混得好，只有他一个人落魄成这样，有什么脸翻旧账？这不是骄傲，而是耻辱。不过，父亲骨子里还是硬气的，这些年，打死不求人，借钱的事一律由母亲出马，多是舅舅那边的亲戚。那个每天上电视的县长曾是父亲的跟班，读书时常来我们家玩，每次来，爷爷奶奶都盛情招待，可现在他们都不提了，他们对父亲的希望太大，失望也大，父亲过去的光荣每提一次，耻辱就加深一层。

父亲是如此可耻而孤独地活着。

那年冬天，父亲从外面回来，身上落满一层雪花。

堂弟说："你们看，伯伯像不像一只羊？"

是的，父亲确实像一只羊，一只老掉的羊，越看越像。多年的牧羊生活使他变得像羊一样孤独、绵弱，安然地躲在自己的世界里，与此前的他，判若两人。

羊卖了以后，很长一段时间父亲都不适应，常常一个人盯着羊圈发呆。这些年除了放羊，其他事他都不太会干。这也是他为何能下定决心，出去打工的原因。他没想到，结果会这么糟，完全铩羽而归，这个时代已经再不属于他。

父亲从外面回来后，变得非常沉闷，只待在自己的世界里。有一天晚上，我啃了几块西瓜，半夜起来撒尿。走过堂屋时听见父亲的房间有动静，仔细去听，发现是父亲在和水壶说话！那情形，像是对着水壶诉说我们做儿子的不是，又像是忏悔自己年轻时犯下的错误。天尚未开亮，屋子里蒙昧一片，父亲抽着烟，在朦胧的夜色中自言自语。他的烟头明灭不定，水烟筒的咕噜声间隔响起，言语细碎难辨，我蹑手蹑脚穿过堂屋，门缝中只有他烟头上闪烁的火星，看不到一丝表情。上完厕所回来，我小心翼翼地爬上床，父亲的絮叨仍在继续。我只听见他说到"黑子"和"牛仔"两个词，那是我和哥哥的小名，除此之外，别的都听不清。

窗外晨霭迷蒙，稀落的星辰在作最后的挣扎，父亲的话像雾中的星光，遥不可辨。

高高的屋顶

暴风并没有停止，连着下了几场。大雨过后，天格外蓝，苍穹高远如不可触及的命运，流云行走，世界躁动不安。它似乎暗示什么。

因为暴雨的连日袭击，我家屋顶上瓦片松动，有几处露出了透明的窟窿。如果不趁天晴收拾好，用新瓦补上，等下一场雨来，整个房子就有垮塌的危险。父亲决定自己上屋去补，不请别人。他想补好这个破陋的土砖房再住几年，但他不知道，和房子相比，他的身体破损程度更加厉害，更需要呵护和修补。那天，不知从何处出来一阵大风，父亲像一只断线的风筝，坠落在地，那风吹落了父亲的一生。

对此，我似乎颇有预感。那天，我给母亲打电话说，父亲老成那样，笨手笨脚，如何上得屋？请人不过是一两百块钱的事，没必要省这个钱。我的劝阻，对于父亲更像一种有预谋的怂恿和诅咒——我越这么说，他越不服。父亲的腰当兵时受过重伤，立了二等功。这回，伤上加伤。长达三小时的手术，医生往父亲的右腿里焊了一块钢板，他们试图用一种刚硬之物帮助他支撑庞大而臃肿的身体。强硬如钢板，对他的人生也无能为力。

父亲住在县人民医院，和他一起住院的还有同村的玉元。和父亲相比，玉元的病更不可捉摸。他不知道自己哪里痛，哪里痒，只是分明地感到生命在一天天消逝。对此，医生们束手无策，每天拿他当标本一样摆弄着，他成了医院的一具实验品。

原本他们俩像难兄难弟，一起住院，每天有伴说话，消磨时日。有一天，父亲早上起来时发现，隔壁的玉元死了，毫无声息地死了。这件事给父亲造成了很大的心理阴影，他担心自己会像玉元一样莫名其妙地死在医院，不管我们怎么劝说，他仍然坚持要出院。

医生说，父亲这个年龄，没一年的时间，骨头块合拢不了。也就是说，那块钢板要在他体内停留一年。然而，春天到了，到得令人猝不及防。田野生机盎然，村里人都在外忙碌，母亲也在忙，我也忙，身在另一块庄稼地。唯有父亲清闲。他现在什么都干不了，坐在家门口，目睹一天比一天鲜活、一天比一天青绿的大地，村里人从他眼前走过，都跟他挥手打招呼。这令父亲非常难受。

在庄稼人眼里，不管日子如何艰辛，过去遭受的苦难如何多，春天一来，一切都会回到最初的样子，希望会重新降临，生命也会重新过一遍。大家把所有的希望都押在了春天。父亲也希望自己像植物们一样，在春天里脱胎换骨，又活回来。可他不是树，也不是庄稼，全世界都准备重活一遍的时候，唯独把他给忘了。

那天上午，父亲瞒着母亲，拄着拐杖偷偷来到了田间。田野春风和煦，空气清新，脆嫩的草叶温润人心。父亲很久没出来走动了，这么久以来，他第一次觉得生命如此让人留恋。他激动了，难以自制了，想弯下腰去抓一把田埂上的青草。就在这时，他身体里的那块钢板，"嘣"的一声，断了。

父亲躺在地上，嘴巴里啃着泥土，和土地失去了界限。父亲贪婪地呼吸着草尖透出的美好气息，浓烈的，熟悉的，清香逼人的生命气息……

春天万物生长，父亲在田野中独自老去。

一种道别

父亲仰面朝天，静静地躺在那儿，我看不见他的面容，他的脸用纸钱盖着。生前为钱所迫，四处奔波的人，终于被钱所庇护。母亲为他准备了很多纸钱，在那边他再也不用为钱担心了。

此前，我一直不觉得父亲会死，我认为他的伤迟早会好的。可他真死了，我回来的时候，他已经躺在冰棺里，一动不动。父亲很胖，躺在里面，肚子挺耸，让人惊骇。我问管事的人，昨天才死，肚子怎么会这么大，保温效果不好吗？那人回答说，人没坏，是他肚子太大。这个回答，令我很不满意，我觉得父亲还不至于这么丑。

我问，父亲临走时说了什么？

母亲说，没，他早几天就不说话了，只跟你三叔打过一个电话，要他替自己给爷爷奶奶尽孝。当时，我还以为他是在说气话，开玩笑的，说完，母亲补充了这么一句。

自从那次栽倒在田里后，父亲一直待在家里，没出过门。他看起来总是老样子，所以，当他体内发生遽变的时候，谁也没留意。当他突然一下子连话都说不出，母亲才急急忙忙给我们一个个打电话。他们告诉我说，父亲走时，发出了一串轻微的长啸，像是羊叫。也许，他和羊之间确实比跟我们更有共同话语，那些年，他跟羊待在一起的时间比我们多。

父亲没留一句遗言给我们，这让我们很没面子，尤其是做儿子的我很没面子，外面的人会觉得他对我已无话可说，即便将死，也无善言。他就算真的没话可说，装模作样也该说一两句，好让我脸上过得去，可他硬是没有，他心里一定在恨我。母亲宽我的心说，他知道我才参加工作，不想加重我的负担。

"他自己也没料到会突然变成哑巴。"母亲的话更像一种托词。

那个夏天非常热，帮忙的人打着赤膊，不停用毛巾擦汗。我也想打赤膊，却被告知孝子必须衣冠整洁，戴好白布，不然不符礼仪，会被人指责的。这令我很无奈。大家一个个热得满头大汗，只有父亲凉快，他躺在冰棺里，看着我们进进出出，忙里忙外。剩下的日子只有我们忙碌了，他已彻底轻松。我一直忙碌着，筹钱，把一团乱麻理清头绪，在一些重要的安排上慎重表态。他们搬来大屏幕电视机，闲暇空间看北京奥运会。有时，我也会参与到讨论之中，比如说，中国队这次到底能夺多少金牌？

疲惫伴着焦灼，一身茫然，唯独没有悲伤。也许刚到家时，看见他躺在那儿，我曾悲伤过，此时，我已没有悲伤的力气。他们谈论着父亲的一生，他的光荣与耻辱，亲友们得出一个结论，父亲是格外优秀的，只是不适合当农民，他的失败除了时代原因，更多是因为臭脾气造成的。这是父亲的丧事期间，唯一涉及意义的话：他被当成了一个反面教材。

我们家的猫那几天吃得好，大鱼大肉，吃饱了老想着怎么消食，在外面踱来踱去，有碍手脚，大家将踢猫当成了繁忙中的消遣。后来，猫学聪明了，它躺到棺材下伸懒腰，自那以后再也没人去打搅它了。棺材底下成了它的安乐窝，成了它一个人的世外桃源。

父亲生前很讨厌它，因为它总喜欢跑到床上去睡觉。可又不能不养猫，家里老鼠多，就算它不会抓，叫几声也能吓唬一下。事实上，它确实只会叫，也确实能吓住老鼠。父亲死了，最高兴的就是那只猫。再没人再去驱赶它，不会无缘无故去打它，以后这个家就是它的了。

没人料到父亲会这么早死，棺材、墓地一切都未准备。除了钱，我回来后最重要的事就是给父亲选墓地，买棺材。他们看了几处地方，需要我来定夺，然后才动手挖，这件事必须儿子说了算。也就是说，我让他躺在哪儿就躺在哪儿，正如小时候他使唤我一样，让我站着就站着，坐着就坐着，一切都是他说了算。我们讨论墓地的时候，父亲正一动不动地躺在棺材里，此时，他只是一团冰冷的肉。

我们在讨论父亲丧事的时候，并不是在讨论他的死，而是讨论我们自己。我们当地将丧事看得比喜事重，葬礼办得是否热闹顺利，不但关乎儿子的面子，还有关祖荫，涉及更为遥远的子孙后代的福分。

家里的喇叭没停过，我不喜欢这样，头都快炸了，建议是不是隔一段时间才放。他们说不行，家里的规矩就是这样，哀乐和纸钱一样，得始终保持，唯一的办法是将音量拧小一些。哀乐低沉下去，屋前杜仲树上的知了声显得大了，聒噪烦闷，同样令人脑袋发胀。后来，有人将喇叭的声音时大时小地变换。这样，知了的叫声和哀乐不停交叉，两种声音位置变换，乏味感稍微有所减轻。

午夜，念家祭。他们告诉我，孝子环节，你一定要哭，哭得越凶越狠，越显得父子情深。可我哭不出来，也许，我们父子没那么多感情，不然他怎么连句话都不留给我呢？我太累了，每天只睡四五个小时，整个人近乎木头。母亲站在一边替我着急。哭不出来，就不能算好孝子。后来，我勉强哭了几声，也没掉眼泪，只是眼睛红红的，稍微令人满意，那还是被鞭炮的硝烟熏出来的。

人都死了，哭有什么用？如果哭能让他活过来，我倒是愿意。可我做不到。整个仪式，漫长，琐碎，我从头至尾都像一个演员。

家里请了戏班子，整夜唱戏。可惜，现在没人喜欢看戏了，荤段子再多也调动不了大家的情绪，尤其当他们听说班里的台柱子、艳若桃花的云姑娘已经出门打工了，更是兴趣索然。与父亲的事相比，他们更关心奥运会的情况。北京奥运会已经接近尾声，中国队看起来真的有可能成为金牌榜第一。

"这下老美赶不上来了，差了六块金牌，只有几天了。"

……

我们在一种奇特的氛围中将父亲的丧事办完了。四天三夜，过度的疲惫和失眠，让我感觉像是在帮别人做事。父亲的坟在对面山腰上，打开窗户，躺在床上就能看见那个新鲜的浅黄色的小土包，那是他以后的家。

母亲对我和哥哥说，你们长得像他，脾气可千万别学他。

我说，不会的。话一出口，心里就没了底气。

小时候父亲喜欢用各种办法规范我，但凡有不如意的地方，就会举起棍棒，敲打，威胁。他为我制定了一条路，像对待一棵树，旁逸斜出的枝条刀劈斧削，一律砍掉。父亲生前一直反对我学文，他告诉我说，以前隔壁村有个人的儿子，因为写作把自己弄疯了。可后来我并没沿着他给我划定的路走，终究吃了写字的饭。尽管如此，我却吃惊地发现，自己越来越像父亲了，脾气、性格、言语以及处世方式，无不显出他的影子。父亲并未走远，他就停留在我体内，像血液一样自然流淌。我长着长着就成了父亲的样子。

去送火。村里的习惯，先人新走，子女要连续送七天的火。

天黑之后，我举着火把，从家门口走到墓地，再从墓地走回来。据说，这样父亲的魂就跟着回来了。他才过去，还没来得及在那边安家，不把他接回来，他就会成为孤魂野鬼。

一路上长脚蚊像一股风在头顶飘荡，脚下前前后后也密集地跟着一堆。它们的嘴很厉害，一针下去能扎透裤腿，伸手一拍，满手是血。我不停晃动火把，火苗一扫烧死一大片，可它们毫不畏惧，很快又围了上来。这是一种趋光动物，面对火光如同信仰前赴后继。我的耳边不时响起蚊虫被火苗舐舐所发出的噼啪声，那气味跟人体毛发烧焦了差不多。我是给父亲送火去的，同时，又在为蚊虫举行一场葬礼。

这个季节，谷物日渐成熟，田野里飘荡着粮食发酵的醇香，这使得各类蚊虫纷纷走出山林聚拢到村庄里来。送完火回家，我发现脚踝被叮了一排醒目的印记，块状的浮肿连成一片。痒痛在肌肤下蔓延，我坐下来使劲揉搓，第一次觉得长脚蚊的毒性这么大，以前在家，每年夏天都和它们打交道，从未叮得如此严重。

母亲说，你老长时间不在家，蚊子爱喝生血，都欺负你。不过，她又说，搞完双抢，一立秋，天就凉快了，"过了七月半，蚊子死一半！"——这不是父亲的口头禅吗？

我顺口问："爸，还有几天立秋？"

屋内没有回音。这让我想起，父亲已经死了。这回，他是真真正正地死了。我坐在门口的小板凳上，双手抱头，手撑着膝盖，大哭起来。这么多天来我第一次哭出声，巨大的声响在胸腔里訇然炸裂。

代后记：写作、散文以及其他

在我看来写作是失败者的行业，写下夕阳，夕阳就落了下去；写下童年，童年转瞬不见，伙伴们开始两鬓泛白；当我努力讲述梦境，我的人早已经醒来，而朝露茫茫，捕捉到的只有幻影。所以，我很少提及爱情。我写过不少关于亲情、苦难、饥饿以及山林草木的文章，这些我无一例外都失去了，而它们是那么令人怀念，那些苦难与饥饿——没有它们，我就不能成为我自己。

可我还是写了好些年，并且打算再写一阵看看。写东西于我已经像呼吸一样自然，这是一场宿命之旅，很难说是你找到了道路，还是那条路凑巧出现在你脚下，将来若有什么高科技能让人类一辈子都不做梦，文学或许就会消亡——我想，那是不可能的。这是一段无从选择、无从躲避的旅程，你控制不了自己是否做梦，梦里又会说些什么，从哪里开始，又到哪里结束，梦里的事你决定不了。常常地，我只能对着自己说梦话，梦话说得太多，就忍不住要写。

我一直很清楚，自己爱上的不是文学，而是自由，或者说，把握自己命运的机会。文学是一条"贼船"，我上来了，这是一个偶然事件。一个人一辈子遇到的路可能有千万条，聪明一点的，甚至都可能走通，可最适合他的，有且只有一条，那宿命般的一条，对我而言，可能就是文学。当然，也只是可能，事情究竟如何，尚未可知。

很少有人生来将文学作为理想，是命运将大家推到了这里。但毋庸讳言，写作对于我是一次又一次的刮骨疗伤，现实的围困不言自明，每次为生计忙碌后，我的灵魂如同遭受万箭齐发，那些箭镞上携带致命的毒，非得写个什么东西才能将毒素逼出体外，恢复元气。因为从小体弱，我的康复期格外漫长，有时是一个月，有时则是好几个月，这段时间我不愿意与人交流，闭关是常态，因为我生怕一张口，那些堆积在体内的毒会化作利箭，击中对方，所谓如鲠在喉就是这个意思吧。文字是唯一救命的灵丹妙药，只可惜配方捏在大师前辈们的手里，讨要的过程非常艰难，不过也充满了乐趣，只有此时，我才觉得自己依然活着……

鱼离开水，才看到外面的世界；天鹅临死，才会放声歌唱，你们看到的美丽弧线，听见的美妙歌喉，正是一部分人面对命运的奋力挣扎。

很多作家喜欢夸大写作的意义，其实他们并不是在说写作这件事，而是在强调自己的重要，作家不应过多谈论自己，高明的作者会把自己隐藏在文字的缝隙中。我认为，绝大部分作品只对少数人有意义，也只有少数人喜欢。如果有几个人认真去读一部作品，并且感到了它的意义，它就成功了。

在小说、诗歌不断经历变革，流派层出不穷的情况下，散文长时间遭受冷遇，显得十分凄凉。不过，近几年散文出现了难得的热闹，在场、原生态、新乡土、非虚构，旗帜变幻，山头林立起来，但这些都是外在的。在我看来，写什么从来不应该成为讨论的话题，一个人只会写他最熟悉、最有言说欲的东西，舍此无他。写作关键是怎么写。庖丁解牛，千变万化，啥招数一一使出来，最终的指向，是自言自语。某种意义上来说，散文是个人的美学发明，这是我对散文的终极认知。

在散文的书写上，作者不一定懂得怎样与人交流，精通跟人说话，但一定懂得跟花草说话，跟石头说话，那些话都是说给自己听的。在这条道路上，绝大部分人被语言驱使，像河流带走的枯枝败叶；小部分人简单运用语言，像被流水冲刷的石头，磨出一点样子，做生活工具；极少一部分人懂得发现语言，表达对天地人世的看法，记录浮光掠影的历史；只有零星几个天才能创造语言，赋予它们新的生命，让它们自由呼吸，活得比作者自己还要久，还要精彩。有一种说法，好的文学一般产生于害羞的人，孤独的性格，忧郁敏感的情绪，对词语极度敏感……一定程度上这是一种鉴别，我认为此话正确无误。

对那些将文字写得过于优美的文章，我总怀疑其动机与质地，康·帕乌斯托夫斯基在《金蔷薇》中说："有些词语比事物本身更美好。"他承认了词语的伟大之处，但他说的是更美好，而不是更真实，也不是更有力量。对于阅读，我宁愿信任那些粗粝的、野性的篇章，很多时候，美是虚设的同义词。

最好、最真实、最柔软贴切的文字，都是写给少数人的。这些年，我看过太多只见才华而不见生命的作品，这些都属于无效写作。他们写东西并不是真有东西可写，而是别有所图，有些人写了一辈子，表面看起来著作煌煌、盛名在外，其实一个有价值的字都没留下。有价值的文字得有体温，不仅是胸腔的温度，还要有生命自我无法觉察的节奏，那些文字像草木一样从心底自然生长出来。女娲呵气造人，一团泥巴立马活起来，好的作家也要具备这种能力，要有化腐朽为神奇的才华。我说这话的时候心虚而恐慌，做到这样，何其难也！

散文是个人的心灵史，但又不完全属于自己，它必须能代表一部分读者和人类的共同痛感，从这个程度上说，散文也是大众的。心脏是自己的，但心脏的跳动声是整个人类的。

关于散文的题材，我赞同一个说法，那就是做减法。散文的写作到最后不仅仅是词语上的减法，也是人生的减法。一个作者写自己热爱的事物，从一开始是全人类的，到最后回到自己的村庄，生活的那个小镇，或者是自己的亲人，从大到小的过程消耗了他的一生。每一个写作者都应该有减去的过程，写到最后，有很多东西我们渐渐不会了，我们只会做很小的事情，写很小的东西。写给自己，或者另外一个隐秘的人看。

所以，仅仅写得好是不够的，还要写出别样的价值。表达是艺术的终极意义，一个字太像字，一个作家太像作家，一幅书法太像书法，都不是艺术，那是在模仿别人，或者给别人提供学习模板，它什么都可能是，就不可能是艺术。

我的理解是，好散文跟好小说一样，带有寓言属性，细节上，情绪上，包罗万象，让人看到更远的地方。散文也需要一个核，一张密不透风的网，一股沛然之气。这一点和小说是一样的。

当下的散文写作和评论，一会儿批评乡土散文过于泛滥，一会儿又指责非虚构功利心太强，"好像作家都住在一个村子——小山村或者城中村里"。我觉得这毫无道理，一个人写什么，是无法选择的，不能观察衡量一番之后再趋利避害。对那些不熟悉的风景，就算写，也只是浮光掠影，在表皮上挠一把痒，不如干脆别伸手。

写作这个领域，从来没有陈旧的内容，只有陈旧的形式。当沈从文把乡土写到了那种程度时，有人出来说，乡土被他写完了，再无别的可写了。可后来，张承志、韩少功出现了，再后来，刘亮程、谢宗玉也出现了。作为文字艺术，它的对象永远只是社会、大地、信仰，但形式是变动的。乡村不会被写完，城市也不会被写完，乡村和城市之间的瓜葛更不会被写完，担心这个的人，完全是杞人忧天。

前些年，我的散文写作以乡村题材为主，这是由我的出身所决定的。有人问你怎么不写写别的？这就好比要一个人重新选择自己的出身一样，荒诞而滑稽。我生在乡土，最初的写作自然只能从那里开始。

不得不承认，过去十几年的散文写作，乡土确实被严重伤害了，先是过度批评，然后又无尽地歌颂，仿佛那里是人间净土，是人类最好的归宿。事实上，乡土散文热闹也好，寂寞也好，和乡土本身没有什么关系。那块土地并没因为别人的书写停止衰落，或者改变它的更新趋势。恰恰相反，写乡土的人无一不在逃离现场，和写下的一切越来越疏远，那些人跟我一样，大多生活在城里。现在，我把镜头切换到了城市，写作选择就像观景，必须拉开一定距离才能看清事实，才能准确下笔，我在城市已经生活十几年，这个时间点上，可以去写它了。

读书就像旅行，不出门，就不会遇到那个召唤你的人。写作也是一样，这是一条虚伪而真诚的道路，很多时候，你记下什么风景，笔下跳出什么话自己也无法预料，只有写，才有别的可能，才会遇见一个更完整的自己。